U0652346

与**鲁迅**有关人物像传

YU
LUXUN
YOUGUAN RENWU
XIANGZHUAN

裘士雄 编著

人民文学出版社

图书在版编目（CIP）数据

与鲁迅有关人物像传 / 裘士雄编著 ． —— 北京 ：人
民文学出版社 ，2024．—— ISBN 978－7－02－018971－7

Ⅰ．Ⅰ210．97

中国国家版本馆 CIP 数据核字第2024QS1167号

责任编辑　刘　伟
装帧设计　陶　雷
责任印制　王重艺

出版发行　人民文学出版社
社　　址　北京市朝内大街166号
邮政编码　100705

印　　刷　优奇仕印刷河北有限公司
经　　销　全国新华书店等

字　　数　200千字
开　　本　880毫米×1230毫米　1/32
印　　张　10　插页3
版　　次　2024年10月北京第1版
印　　次　2024年10月第1次印刷

书　　号　978-7-02-018971-7
定　　价　68.00元

如有印装质量问题，请与本社图书销售中心调换。电话：010-65233595

主　编

龚　凌　周玉儿

编　委

（按姓氏笔画为序）

田　菁　孙　蓝　任　凌　刘维佳　张　许　李秋叶

陈丽君　邵　炯　周玉儿　胡静雯　胡慧丽　洪志祥

曹　冰　龚　凌　尉　加　傅　键　谢依娜　蔡凌飞

编　著

裘士雄

目 录

百尺竿头的攀缘者

—— 读裘士雄《与鲁迅有关人物像传》

陈漱渝

我跟裘士雄相识近半个世纪，但由于绍兴、北京两地相距一千三百多公里，直接接触的机会并不多。他似乎是学丝绸出身，1972年调入绍兴鲁迅纪念馆工作，一切相关业务知识都要从头学起。"会稽子弟多豪俊"，他就像春蚕结茧一样，拼命吞嚼着知识的桑叶，终于吐出了质地细腻的学术蚕丝，在鲁迅研究领域织出了锦绣华章。我比士雄虚长两岁，在史料研究方面上堪称同好。搞史料的人是寂寞的，虽然有人说"发现一个字的含义等于发现了一颗恒星"，但我还没听说哪位搞史料的人暴得大名。"嘤其鸣矣，求其友声"，他请我为他的新著作序，无非是在寂寞中寻找一次坦诚交流的机会，广告效应是不会有的。

据士雄统计，2005年版《鲁迅全集》涉及的人物共计4224人，尚不包括神话传说和各类作品中的人名。他近年整理出的有250

位左右，只占总数的约百分之六。这个比例看似小，但做起来难度超乎一般人的想象。我们老家湖南有一句谚语："板凳宽，扁担长，看事容易做事难。"难在何处？难就难在对鲁迅作品中涉及人物的研究并非刚刚起步。据我所知，早在20世纪五六十年代，人民文学出版社鲁迅著作编辑室的老前辈（如杨立平）就开始搜集鲁迅同时代人的生平资料，并印成了一部厚厚的油印本，供内部参考，有的成果已经写进了1958年版《鲁迅全集》。

1981年版《鲁迅全集》出版之前，有更多的人参加了人物注释工作。包子衍就多次咨询了重病中的冯雪峰，了解到不少鲁迅同时代人的资料。这些人的生平履历，并不是一般工具书中所能查阅到的。王景山学贯中西，对鲁迅书信中一些历史人物的代称进行了破解，如"伬男""老虾公""兽道""莱比锡""阿世""禽男"等，否则，这些人物称谓也许就成了千古之谜。王锡荣跟当时复旦大学的青年教师为了了解20世纪30年代的文坛状况，手持国家出版总署的介绍信，亲自到成都，通过四川省公安厅在南充"代讯"胡风，查询了二十二个问题，调访时间长达一个多月。马蹄疾作为主要执笔者，跟彭定安联名出版了《鲁迅和他的同时代人》一书，成为鲁迅与相关人物研究的开创性著作，其影响遍及海外，成为鲁迅友人台静农先生弥留之际最想看的一部著作。

我对研究鲁迅跟同时代人的关系也很感兴趣，所以写了《许广平传》《宋庆龄传》，还有《鲁迅与胡适》《鲁迅与林语堂》《鲁迅与郁达夫》《鲁迅与高长虹》等一系列文章，也参加过1981年版和2005年版《鲁迅全集》的编注工作。我在人物注释方面，有错误，也有发现。如民国时期有两位同名同姓的吴鼎昌，我就混二为一，成为"学术硬伤"。鲁迅书信的收信人中有一位杜和銮，当年只是杭州盐务中学的学生，生平事迹无处可查。后来听人文社的李文兵说，此人可能曾在人民教育出版社工作，而当时我的堂弟正巧在该社人事处任职。我打了一个电话，这个多年的悬案顷刻破解。还有一位马钰女士，她十六岁时写过一篇广为流传的《初次见鲁迅先生》，长期下落不明。直到2004年春节，我跟北京大学的欧阳哲生互致问候。他无意中说，他迁新居了，邻居中有一位就是马钰的女儿，于是马钰的生平也就迎刃而解。这叫作："踏破铁鞋无觅处，得来全不费工夫。"不过就总体而言，"踏破铁鞋无觅处"的情况较多，"得来全不费工夫"的情况十分罕见。

正因为在鲁迅笔下人物的研究方面已经有了不少前行成果，所以再作新的跨越难度极大。明末清初著名画家石涛在《渔翁垂钓图》中有两句题诗："可怜大地鱼虾尽，犹有渔翁理钓竿。"（近代画家晏济元将后句改为"犹有垂钓老钓翁"。）读到士雄的这部新作，他在我的心目中忽然又幻化成了"老钓翁"的形象。士雄今年八十岁，研究鲁迅四十多年，著作颇丰，把他比喻为执着勤劳的"老钓翁"是颇为贴切的。只不过这类痴迷于史料的"老钓翁"只可能钓到一些珍稀的学术成果，但终其一生跟"名利场"无缘。士雄绝不可能靠这些著作评上学部委员，至于能得的稿酬说出来可能是个笑话。由于我参与过鲁迅笔下人物的注释工作，故能体会到士雄研究工作的艰辛。他考证的这二百多个人物，几乎一半是我感到陌生的，查找资料无从着手。比如1927年1月和3月，鲁迅在广州中山大学学生欢迎会和开学典礼上两次讲演都是由林霖作的记录，但我们在编撰《鲁迅大辞典》时，却查不到他的生卒年。士雄读到了一本《林一厂日记》，才获取了他的详细履历。这件事看似偶然，但如果没有他的博闻强识，这知识的果子怎么会平白无故地砸在他的头上？

研究人物的难度还在于中国人名的复杂。现在一般人只有一个姓名，但前人有姓，有名，有字，有号，字、号还不止一个。长辈给晚辈取的叫"名"，寄寓着他们对晚辈的期盼。男满二十女满十五可另取别名（自取或友人赠），叫"字"。取"字"原本是权贵的特权，到明清普及全民。社交场合一般互称其"字"，不直呼其名，以示尊重。"号"是本人自取，表达个人的志向、情趣。一人可以有许多"号"。比如鲁迅，原名樟寿，十八岁改为"树人"。字"豫山"，后改为"豫才"，号"戎马书生""戛剑生"。鲁迅作品中的人名有误记的情况，如在日记中将"胡玉缙"写为"吴玉缙"，这就极难查证了。鲁迅日记中还有一位胡子方，也很难检索，因为这是他的"字"；如果知道这位胡先生的大名叫"朝梁"，这个问题才好解决。鲁迅日记中还提到一位厦门大学的同事缪子才。他痛斥将校长比喻为"父母"的佞人，是一位有骨气的知识分子。当年编撰《鲁迅大辞典》时查不出他的生卒年，也是因为"子才"是他的字，如果知道他本名"缪篆"，这个问题也才好解决。鲁迅作品中还出现了很多人物的笔名，如浅草社的"莎子"，《赤俄游记》的作者抱朴，士雄都——查究出原名及履历，这也绝不是靠一日之功。

要准确注出人物的生卒年麻烦得很。比如画家齐白石的出生年代，他自己撰写的《白石自状略》跟《齐璜母亲周太君身世》两文中就有两岁误差。他在书画作品中题写的年龄也各有不同。后来经黎锦熙、胡适、邓广铭三人合编《齐白石年谱》时考证，原来一位算命先生妄断白石老人七十五岁大限将至，老人图吉利，立即在当年为自己增添了两岁，顿时从七十五岁变成了七十七岁。台湾作家李敖填写的生日是1935年4月25日（即乙亥年农历三月二十三日），但他二姐却坚持认为李敖的生日是当年农历三月初二或初三，相差二十来天。这一下子李敖就从星相学中的"金牛座"变成了"白羊座"。如果认真追究，我的出生月日也有误差。我填写的生日是6月26日，即农历六月初二。但其实是7月25日，因为当年是闰年，农历辛巳，共有384天，比常年多十九天。还有位亲友说，他的生年其实也不准，因为在旧中国，为了逃避国民党政府抓壮丁，他就把年龄报小了两年。至于我的外祖母，儿时遇到水灾，流离失所，原卖给阔人家当丫鬟，竟连自己的年龄和姓名全都不知晓。幸亏她老人家不是名人，生平细事都无碍于历史书写。我外祖父王时泽有一位义姐，也就是秋瑾烈士。她的英名广为人知，卒年确凿，但考证她的生年说法各异。

我举这些例子，无非是证明士雄的工作实在繁难，令人感佩。

士雄的人物研究无疑是十分有意义的。首先可以订正《鲁迅全集》注释的若干错讹，也可以补充《鲁迅全集》某些注释的语焉不详之处，如陈蝦作为翻译家的成就。我并不主张在《鲁迅全集》的人物注释中展现所涉及人物的全人全貌，而只需突出此人跟鲁迅交集那个特定时期的基本状况。为每个所涉人物都写全传，哪怕是小传，那是不可能做到的，也未必要去做，因为已超出了注释的应有负荷。但如果要深入研究鲁迅，并对其作品中评骘的人物盖棺论定，则需要对相关人物进行独立研究。因为鲁迅评估的往往是所涉人物的一时一事，而全面评价一个历史人物则必须了解他的生命历程。鲁迅对东晋至南北朝时期诗人陶渊明的评价，就为我们做出了范例。我从士雄的新著中了解到，清代的丁日昌严禁"淫词小说"二百六十九种，其中包括了《拍案惊奇》这一类优秀的中国古代白话小说，这当然是一种文化专制。但此人在担任上海江南制造局督办期间还是有作为的，是洋务运动的倡导者之一。又如鲁迅在厦门大学任教期间，跟教务主任、校长秘书兼理科主任刘树杞交恶，这是《两地书》中多次提到的。但刘树杞终生奉献于教育事业，在北京大学、武汉大学等校口碑都不错，四十五岁英年早逝。这些都填补了我的知识空白。

在士雄新作中还可了解到一些历史人物的逸闻趣事。鲁迅在《关于中国的两三件事》一文中写道："四五年前，我曾经加盟于一个要求自由的团体（按：指自由运动大同盟），而那时的上海教育局长陈德征氏勃然大怒道，在三民主义的统治之下，还觉得不满么？那可连现在所给与着的一点自由也要收起了。"不久陈德征得意忘形，在上海《民国日报》搞"民意测验"，民选所谓"民国伟人"，结果他位居第二，仅次于孙中山，而独裁者蒋介石竟居其后，名列第三。于是陈德征被革职查办，在南京坐了三年大牢，蒋介石批示"永远不得叙用"。此实可谓恶有恶报，而且是"现世报"！

鲁迅1929年5月17日致许广平信中，谈到"台静农在和孙祥偈谈恋爱，日日替她翻电报号码（因为她是新闻通讯员），忙不可当"。读士雄文，方知孙祥偈是一位诗人，著有《苏荃的诗集》《苏荃词》等，其中还有一首《沁园春》，是和毛泽东的《沁园春·雪》："三楚兴师，北进长征，救国旗飘。指扶桑日落，寇降累累；神州陆起，独挽滔滔。扫尽倭氛，归还汉土，保障和平武力高。千秋事，看江山重整，景物妖娆。　文坛革命词娇，有锄恶生花笔若腰。谱心声万里，直通群众；凯歌一阕，上薄风骚。谁是吾仇，惟其民贼，取彼凶顽射作雕。同怀抱，把乾坤洗涤，解放今朝。"毛泽东1946年1月28日致柳亚子信中，对这首和诗表示了感谢，觉得"心上温馨生感受"。

士雄的新作名为"像传"，因为他将考证的这些人物一一配上图片，这在我看来也是一个壮举。中国文化中就有图文并茂的优秀传统，即所谓"左图右文"，以引起读者兴趣。鲁迅本人历来注重书籍插图，并为自己的作品插图（如《女吊》），还为他人的画作撰写说明（如为比利时木刻家麦绥莱勒的《一个人的受难》撰写了二十五条说明文字）。人物研究著作配上人物本身的肖像画或照片，更能收到"如见其人"的奇妙效果。但中国古代没有今天的摄影术，有了相机以后也有人不乐意照相——如鲁迅的塾师寿镜吾，一生就只被别人偷拍过一张背影，所以收集起来困难极大。如今讲演或讲课时常使用PPT软件，把教学内容跟相关图片融为一体，便于听讲者理解记忆。我曾意识到当下已进入图文时代，跟友人肖振鸣编辑过一部《编年体鲁迅著作全集》，不巧的是2002年至2003年发生了传染性非典型肺炎（简称"非典"），查阅资料自然受到严重影响，我们从近万张历史图片中选择了两千余张配置插图，但2004年出版后感到跟原来的设想差距太大。因为我做过类似工作，看到士雄能把书中的人物一一配上图片，确实从内心感到叹服！

如果要对士雄的这部新作提什么修改建议，我想到了两点。一是全书的体例尚可调整：有的人物考证极繁，有的人物介绍极简，如现代出版人丁晓先；有的人物仅述其生平简历，有的人物介绍中有评论，甚至有其作品分析。这当然跟掌握资料的多少以及跟鲁迅关系的深浅有关，但读起来毕竟有起伏跌宕之感。如将详考与简介分类编排，读起来可能会顺畅一些。另一个感觉就是士雄撰写小标题时喜欢在人物名字前加一个定语。这种写法有利有弊，其优点是可以画龙点睛，让读者一眼就了解该人物的主要贡献或主要特征，如"经济学家皮宗石"，"'短跑女皇'孙桂云"。

难处是有些复杂的历史人物不宜一语定性。鲁迅曾谈及古人起绰号诨名的"法术"——"说是名号一出，就是你跑到天涯海角，它也要跟着你走，怎么摆也摆不脱。"（《五论"文人相轻"——明术》）但这种做法单纯着眼于形体较易，如"花和尚鲁智深""青面兽杨志"，若想寥寥几笔即能神情毕肖则十分困难。尤其是现代人物，往往经历复杂，很难一言以蔽之。比如章士钊，是用"《苏报》主笔"概括他的历史贡献，还是称之为"老虎总长""民主人士"或"文史馆长"？即使伟大如鲁迅，一直被称为"文学家、思想家、革命家"，但近四十多年来不也一直有人在学术上进行质疑么？当然，士雄这本书是他个人的学术著作，可以发表研究者对研究对象的评价，允许见仁见智。但无论如何，为每一个涉及的人物都冠以一个身份头衔，毕竟是一件为常人所力不从心的事情。

此文写至结尾处，忽然想起了古代有一种杂技叫"百尺竿头"：演员爬到高竿顶端做各种高危动作。这种杂技作为非物质文化遗产流传至今，且加入了很多现代元素。不过这种节目的演员不论如何变换姿势，毕竟不能真正超越高竿顶端。有一个更加励志的成语，叫"百尺竿头，更进一步"。正如宋代大儒朱熹在《答陈同甫书》中所云："但鄙意更欲贤者百尺竿头进取一步。"这种期盼是对后起新人的激励，但真正达到目标却往往要付出比前人更多的血汗。恰如当下男子跳高的世界纪录是二米四五，而中国目前的全国纪录是二米三九。要再超越世界纪录几毫米乃至几厘米，并非没有可能，但又不知要付出多少心血！在鲁迅作品所涉人物的研究领域，士雄已经做到了"更进一步"。但我仍然希望有更多的学术新秀在他的基础上再做跨越，为鲁迅学的学科体系继续添砖加瓦，再创辉煌。

序

    鲁迅先生著作犹如大百科全书，信息量甚大。他在作品中谈及的人物数以千计，面亦甚广，古今中外俱有，有的关系莫逆，友谊维系终身；有的素未谋面，是神交，甚至仅仅顺带提及而已。本书列举100位与鲁迅有关（或谈及）人物，主要是在以前出版的《鲁迅全集》的注释中出现过，以为或需要补正的。作者虽力求补正精准，但为主客观条件所限，很可能还是未能如愿，所以，更热望能得到与鲁迅有关人物的后人、知情者、研究家和广大读者的指正。

    书名《与鲁迅有关人物像传》已表明，本书努力为每一位与鲁迅有关人物配发传主的照片、画像等，具有形象、直观、生动、真实、亲切诸特点，本身就是很好的史料，有助于对传主和鲁迅作品的理解，是我们所处的读图时代应该在出版物中得到体现的。况且，有的照片、画像可能为一般读者所难得一见。

    《与鲁迅有关人物像传》是他们的传略，除了其生卒年、籍贯、主要学历、简历、工作成果或学术成就、社会影响等外，必有鲁迅与传主的关系的叙述，并略加评价。

这是一项非常巨大的文化工程，好在近些年来国内外学界特别是国内各地政协文史委员会、地方史志办公室、高等院校和科研机构付出了大量辛勤的劳动，涌现了大批成果可供利用。如此浩大的文化工程，绝非少数人耗费少数时间所能完成，恳请大家共同参与。

编著者

2023年4月

洋务运动实干家丁日昌

丁日昌（1823—1882.2.27），字持静，又字禹生、雨生，广东丰顺人。晚清政治家、军事家、洋务运动实干家和藏书家。他20岁中秀才，仕途坦荡，初任江西万安、庐陵（今吉安）知县。咸丰辛酉（1861）为曾国藩幕僚，同治壬戌（1862）5月被派往广东督办厘务和火器；甲子（1864）夏任苏松太兵备道，次年秋调任两淮盐运使。丁卯（1867）春升任江苏布政使，翌年又擢升为江苏巡抚。光绪乙亥（1875）9月任福州船政大臣，次年署理福建巡抚，壬午（1882）2月27日病逝于广东揭阳家中。纵观丁日昌一生，可谓官运亨通，仕途坦荡，而他一辈子确实相当努力，其政绩显赫。如他以苏松太兵备道身份兼任上海江南制造局首任督

办，亲拟经营大纲，固然要聘用外国技术人员为教习，培训华人技艺，而自主权始终掌握在中国人手里。鉴于制造局原有设备以造船机器居多，鼓励中方技术人员详考图说，"就厂中洋器，以母生子，触类旁通"，制造各种机器30余台，用以制造枪炮，其所造枪炮"皆与外洋所造者足相匹敌"（曾国藩语）。1868年8月，江南制造局所造的我国第一艘蒸汽舰船"恬吉号"试航成功，国人为之轰动，"军民无不欣喜"。丁日昌授苏松太道，兼管海关，在办理对外交涉事务时，与英国领事巴夏礼等据理力争，如索回吴淞口炮台地基、将违法外轮充公、遣送外国流氓回国等，维护国家尊严和主权。丁日昌参与奏准福州船政学堂严复、刘步蟾等第一批35名学生赴英留学，为国家培养海军高级将校。难能可贵的是，他保持清醒的头脑，于1879年6月上奏朝廷，就海防等问题提出16条建议，丁日昌对日本的侵略野心益加警惕，说日本"三五年不南攻台湾，必将北图高丽（朝鲜）"。他疾呼朝野内外一定要齐心协力，急谋自强，否则将是国无宁日。难得的是，久居清室高官的他能认识到"民心为海防根本"，希望统治者们能切实关心百姓疾苦，同心同德，海疆才会安如磐石。丁日昌临终前回顾自己一生努力，却并没有使祖国富强起来，外患愈来愈亟，不禁悲怆之至，长叹自己"死有余憾"。丁日昌平时雅好藏书，在上海任职时，收购了藏书大家郁松年"宜稼堂"包括宋元本在内的藏书几万册，又得顾湘舟精椠善刻，没几年，其藏书之富称雄一时。其藏书楼易名多次，到"持静斋""读五千卷书室"时，藏书高达10余万卷，与瞿氏"铁琴铜剑楼"、杨氏"海源阁"并驾齐驱。

　　鲁迅出生不到半年，丁日昌就去世了，但鲁迅了解清同治七年（1868）丁日昌任江苏巡抚时，他曾两次奏请严禁"淫词小说"二百六十九种。鲁迅在《坟·宋民间之所谓小说及其后来》和《中国小说史略·第二十一篇　明之拟宋市人小说及后来选本》中，都谈到"同治七年，江苏巡抚丁日昌严禁淫词小说"事，并说明由于《拍案惊奇》也在禁之列，遂有牟利的书贾将它删改为《续今古奇观》行世。而在《古籍序跋集·〈嵇康集〉著录考》中，鲁迅也谈及在考证《嵇康集》版本时，曾参证过丁日昌的《丰顺丁氏持静斋书目》。

一生为他人做嫁衣裳的丁晓先

　　鲁迅1936年10月2日致章锡琛信中说："今送上《海上述林》上卷共七本，乞分赠：章、叶、徐、宋、夏、以上五位，皮脊订本各一本，王、丁、以上二位，绒面订本各一本。下卷已将付印，成后续呈。"而关于"丁"的注释甚简，仅注"指丁孝先，江苏苏州人，当时开明书店编辑"而已。鲁迅与丁孝先是相当稔熟的，但在全部鲁迅作品中，仅此信提及。

　　丁晓先（？—1976），原名孝先，20世纪20年代初到上海工作后改名晓先，"文革"非常时期遭冲击，又一度易名"小先"，以示自己的渺小。江苏苏州人。早年当过中小学教员，1922年到上海商务印书馆当编辑，得心应手，编写过许多中小学教科书。1925年商务印书馆成立工会组织，他与陈云、茅盾等均为工会负责人。大革命时期，丁晓先参加过上海工人的三次武装起义。1927年3月23日，第三次武装起义胜利后成立的上海特别临时政府召开第一次执行委员会议（会后有合影为证），他也是参加者。不久，国民党右派发动"四一二"政变，丁晓先秘密去江西南昌，参加过"八一"起义，很多公告、文件是他执笔的。不过，"八一"南昌起义失败后，丁晓先脱离了中国共产党和革命队伍，回到上海商务印书馆当编辑，以后又到开明书店编辑教科书。新中国成立后，他所在的书店并入古籍出版社，1957年又转入中华书局。一辈子主要从事编辑工作，为他人做嫁衣裳，自己著述不多。

收受鲁迅所赠多重寓意诗的小原荣次郎

　　1931年2月12日，鲁迅在日记记载："日本京华堂主人小原荣次郎君买兰将东归，为赋一绝句，书以赠之，诗云：'椒焚桂折佳人老，独托幽岩展素心。岂惜芳馨遗远者，故乡如醉有荆榛。'"鲁迅所赠诗即《送 O.E. 君携兰归国》，初载同年8月10日《文艺新闻》第二十二号，后收入《集外集》。1934年，杨霁云从

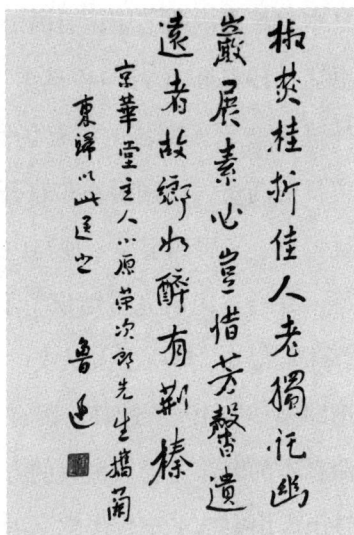

椒焚桂折佳人老 獨
巖厓展素心 誰惜芳馨遺
遠者故鄉如醉有荊榛

京華堂主人小原荣次郎先生撰兰
鲁迅以此迟之

鲁迅 [印]

鲁迅书赠给小原荣次郎的诗

《文艺新闻》录下该诗拟编入《集外集》时，呈请鲁迅过目。鲁迅明确地对他说："可以收入，但题目应作《送 O.E. 君携兰归国》。"题目由作者鲁迅亲自审定，足见该诗寓意非同一般。O.E. 是小原荣次郎姓名日语读音的罗马字拼音 Obara Eijiro 的缩写（头两个字母）。

小原荣次郎（1884—1956），二十刚出头就被日本"大学眼药参天堂"派遣到上海代理店日信药房负责广告宣传工作，几乎同时，内山完造也被总店参天堂派往上海日信药房任推销员，广告宣传与推销这两种工作性质相近，密不可分，在同一代理店工作，两人年龄相仿，工作性质相似，多次一起出差到武汉、九江、南昌、长沙等进行广告宣传，推销眼药，在异国他乡互相关心照顾，结为终身挚友。1917年内山夫人在上海四川北路创设销售日本书籍的内山书店，后内山完造辞去推销药品的工作，专营该书店。1927年10月与鲁迅结识后遂成挚友，内山书店亦成为中外进步文化人交流的重要场所。1923年前后，小原荣次郎也脱离日信药房，回国后在东京开办"京华堂"，主要经营中国的文玩古董、文房四宝等。他与内山完造保持友谊和业务上的互相支持，并通过内山完造结识了不少中国文化人。1928年2月24日，郭沫若得知"寓所已由卫戍司令部探悉"，遂在内山完造帮助下，迅即乘"庐山丸"赴日。因有内山完造的嘱托，小原荣次郎给亡命日本的郭沫若提供极大的方便。如郭氏在国内的译著稿费，就是由内山完造汇至京华堂，再转给郭沫若。

　　由于业务需要，小原荣次郎常来中国。起初来华采购商品时，顺便携回中国兰蕙，却意想不到大受日本顾客的欢迎，他的兰蕙生意越做越好。他结交了上海徐蒲荪、张叔卿，余姚王叔平，杭州吴恩元，无锡沈渊如等艺兰名家，向他们虚心请教，到后来自己也成了艺兰家。小原荣次郎除了销售兰蕙外，还做好服务工作，如介绍中国兰蕙的品种、特征、历史、鉴赏标准和采集、培植技术等，翻译出版了《兰蕙小史》，创办了《趣味之友》，出版了《兰蕙要览》《兰的种类与栽培》《兰花解说》等书，特别是1937年出版的《兰华谱》（上、中、下册），据艺兰家马性远说，他有幸收藏了一套。他介绍：上册是讲中国春兰的鉴赏标准、分类和104只名品；中册是讲中国51种蕙兰品种，还介绍了蕙兰的培养方法和当时日本国内养兰树蕙的状况；下册讲了7种中国秋兰（建兰）

和104种寒兰品种，还介绍了秋兰、寒兰的产地和培育状况。从历史的角度讲，小原荣次郎及其《兰华谱》传播了兰文化，促进了中日两国人民的友谊，客观上也保护了一些珍贵的中国兰蕙品种。

小原荣次郎是通过内山完造求得鲁迅新作《送O.E.君携兰归国》诗的。此诗寓意多重且深刻。须知，1931年1月17日，"左联"五位青年作家不幸被捕，柔石口袋里藏有鲁迅与北新书局签订印书的合同。为安全起见，在内山完造帮助下，鲁迅全家于20日避难到日本人开的花园庄旅馆，至2月28日才返寓。其间，鲁迅关注柔石等人的安危，亦为小报上有关他的谣言所困扰。他大年夜重书《自题小像》诗，再次表达"我以我血荐轩辕"的决心和精神准备，还借创作新诗、书赠日本友人小原荣次郎的特殊方式，表达心中的极度悲愤。他巧妙地将"兰"和"归"字写入，以兰蕙喻革命者，诗的本意大约是：无数芳木花草遭受摧残，唯有生长在深山幽谷中的素兰依然茁壮成长。哪里是舍不得把兰蕙送给远客，实在是因为中国遍地荆榛而少有兰蕙！在严重的白色恐怖之下，诗人是在表达发自肺腑的心情：一些德操高尚的志士仁人遭到残酷的摧残，但更多的同志仍在为崇高的理想而奋斗！包括自己，内心虽然悲痛，但与广大革命者前赴后继，战斗不息，定会迎来胜利的一天。

东晋史学家、文学家习凿齿

　　习凿齿（317？—384？），字彦威，号半山，襄阳（今湖北襄阳）人，东晋著名史学家、文学家。习氏家族原较殷实，只是政权更迭及战乱频繁，习凿齿幼时举家南迁，先避居万载，后徙新余白梅村定居。而习凿齿自幼胸怀大志，勤学好问，青年时期已博学多闻，颇有名声，尤以撰述文章著称于世。东晋穆帝、孝武帝时，权臣桓温笼络他为从事、西曹主簿、户曹参军、荆州别驾、荥阳太守等，习凿齿在宦海沉浮，全由桓温的喜怒哀乐主宰。其实，他待人宽厚，又有才气，普天下如韩伯、伏滔等文人，时任丞相后来为简文帝的司马昱都与他交情深厚，连桓温之弟桓秘同他私交也很好。一次，习凿齿写信给桓秘，追慕诸葛亮辈先贤风采后，与他共勉道："此一时彼一时也，怎知今日之才不如从前。百年以后，我与足下不会被后人视为平庸的刘景升吧？！"据《三国志演义》，诸葛亮为荆州事舌战鲁肃等时所言"（刘景升）乃我主之兄"，刘景升系刘备之兄，但与刘备之子刘禅一样，均为无能之辈——扶不起的阿斗。习凿齿的这席话是在失势时所讲，可见他同桓秘的关系非同一般。习凿齿解组归里巷后，力邀高僧释道安到襄阳弘法，故在我国佛学史上也占有一席之地。因为年代久远，缺乏史地方志的确凿记载，关于习凿齿晚年结局和生卒年均有不同的说法，这些谜团似已无法解开。

一生除出仕为官外，习凿齿还坚持治学。他精通史学、佛学、玄学，并为后人留下不少著作，举其主要者，有《汉晋春秋》《襄阳耆旧记》《逸人高士传》《习凿齿集》等，其中《汉晋春秋》是影响深远的史学名著。鲁迅肯定看过《三国志演义》等大量古今图书资料，才有《中国小说史略》的讲学，并出版同名的专著。鲁迅在《中国小说史略·第十四篇　元明传来之讲史（上）》中说："罗贯中本《三国志演义》，今得见者以明弘治甲寅（一四九四）刊本为最古……凡首尾九十七年（一八四—二八〇）事实，皆排比陈寿《三国志》及裴松之注，间亦仍采平话，又加推演而作；论断颇取陈裴及习凿齿孙盛语，且更盛引'史官'及'后人'诗。"陈寿系蜀汉旧臣，他写《三国志》必持尊汉正统之立场，习凿齿"作《汉晋春秋》五十四卷，谓晋虽受魏禅而必以承汉为正，此乃千古纲常之大论也"（明·榜眼张春语）。《四库总目提要》则总结三国正统之争，说："其书（《三国志》）以魏为正统，至习凿齿作《汉晋春秋》，始立异议。"鲁迅也认为习凿齿这一史学名著以蜀汉为正统论述三国历史，表现了他尊刘抑曹的政治倾向，也许会一直影响后世。

与鲁迅交往八年的名媛马珏

马珏（1910—1994），号仲珽，《鲁迅日记》又写作"仲服"，浙江鄞县（今宁波市鄞州区）人，生于日本东京（其时，其父母鄞县马幼渔、绍兴陈德馨夫妇在日本东京早稻田大学、目白女子大学留学），是马幼渔的长女。1917年，取法国实证主义哲学家 Auguste Comte 的名"孔德"，蔡元培、马幼渔、马叔平、马隅卿、李石曾、钱玄同和沈兼士兄弟等北京大学部分同仁在北京崇文门方巾巷创办了中小学合一的孔德学校。1918年2月开学，马珏作为该校第一批学生入学。鲁迅那时已有相当的知名度，又是父执，马珏对他相当崇敬，鲁迅对她也特别关爱，热情扶植。马珏在孔德学校读书时开始与鲁迅通信，

还在《北京孔德学校简报》发表《初次见鲁迅先生》一文，畅谈了她对鲁迅的印象。1926年6月1日《鲁迅日记》第一次记载与马珏的往还："寄赠马珏小姐《痴华鬘》一本。"其实，那天，他曾"往孔德学校访（王）品青未遇，留书而出"。翻阅《鲁迅日记》，1926年6月1日鲁迅寄赠书给马珏，3日收到她的信，大概是表示谢意的内容，也符合人之常情（理）。这是他俩互通书信的开始。此后不久鲁迅离京南下到厦门大学、中山大学任教，两人至少有一年半没有互通音讯。1928年1月8日鲁迅"得马珏信"，11日"寄马珏信"，又恢复了通信往还。马珏结束在孔德学校的学业后，曾在中法大学伏尔德学院预科学习，1929年春转入北京大学预科。是年5月，鲁迅返北平探亲时曾往访其父，在29日写给许广平信中也谈及马珏："晚上是在幼渔家里吃饭，马珏还在生病，未见，病也不轻，但据说可以没有危险。"（《两地书·一二九》）马珏1931年转政治系本科，至1934年毕业，鲁迅与她书信往还主要是1928年至1933年。据《鲁迅日记》统计，马珏致信鲁迅有26封，鲁迅复信马珏有15封，马珏与鲁迅也互赠过照片（包括周海婴照），鲁迅赠送她《痴华鬘》、《唐宋传奇集》、《坟》、《思想·山水·人物》、《艺苑朝华》（一至五册）、《奔流》、《美术史潮论》、《新俄画选》、《勇敢的约翰》、《一天的工作》等书籍刊物。1932年11月鲁迅再次返北平探亲期间，是马珏陪同老父登门往访的。翌年3月13日鲁迅"得幼渔告其女珏结婚束"，同月25日在致台静农信中特别嘱托他："今日寄上《萧伯纳在上海》六本，请分送霁、常、魏、沈，还有一本，那是拟送马珏的，此刻才想到她已结婚，别人常去送书，似乎不大好，由兄自由处置送给别人罢。"

马珏与杨观保结婚照

马珏不仅长相俊美，而且受到的家庭教育、学校教育和社会教育都相当好，钢琴、昆曲、演艺等均有出色的表现，被誉为"校花"，备受追捧。这位名门之后，才貌双全，其气质、修养，举手投足流露出来的风采，不愧为名媛，对于这位"女神"级的美女、才女，凡是同她有过交往的男女老少都有极高的认同度和好感。1933年3月，马珏与天津海关职员杨观保举行婚礼，也是很匹配的结合。纵观她的一生，表现很得体，大家几乎一致地对她有好感。鲁迅一度与马珏有较多的往还，双方是理性的，并没有跨越红线，我们不应作过度解读，诸如鲁迅"暗恋"马珏此类的言论也是站不住脚的。

病殁淞沪抗战的王有德

王有德（1897—1932），字叔邻，又作茹苓，云南阿迷（今砚山县平远镇红果树村）人。有人说他是彝族。我国早期重要的马克思主义研究和传播者之一。王有德自幼天资聪慧，勤奋好学，小学毕业后考入阿迷县立初级中学（现开远一中），1913年又考入云南省立一中（现昆明一中）读高中。毕业后，家人倾其所有支持他到北京求学。王有德辗转抵京，终于考取北京大学德语系预科，只是身无分文，向校长蔡元培倾诉他渴望求学却又囊中羞涩的苦衷，获得支持，通过勤工俭学解决问题。从此，他一方面努力学习，掌握新知识，以备将来报效祖国；另一方面积极参加社会活动，接受新思想，与罗章龙等应北大图书馆馆长李大钊邀约到馆进行整理外文图书编目、提要等工作。王有德有幸恩读《唯物史观》等马克思著作。时任北大文科学长的陈独秀又主编《新青年》，他亦深受其影响。王有德喜欢听鲁迅的课，听其讲授"中国小说史略"等，有时登门求教。要求进步、寻求革命真理的王有德，有幸成为我国较早的共产主义知识分子之一。在伟大的"五四"运动中，王有德发动各校学生上街游行示威，带头冲击赵家楼，从中受到锤炼。他参与发起成立北京大学马克思学说研究会，与罗章龙同为研究会书记，他俩先后翻译了《共产党宣言》、《资本论》（第一卷）等马克思、恩格斯著作。1921年9月，王有德加入"北京社会主义青年团"。1922年加入中国共产党。

在研究、传播马克思学说的同时，王有德与也在北大求学的王德三、王复生（人称云南"三王"）多次深入工矿区，开办工人补习学校，向工人宣传革命思想。他参与编印《工人周刊》，刊用大量工运信息，还亲手撰写稿件，向工人积极宣传。1921年，王有德和邓中夏等组织领导了1000余名长辛店铁路工人参加隆重纪念中国工人阶级的第一个"五一"国际劳动节大会，喊出了"劳工万岁"等口号，并成立长辛店工人俱乐部，促进了中国工运的发展。

1924年，王有德转入北京大学国文系。3月2日，他曾往访鲁迅，《鲁迅日记》有载。毕业后，王有德留校当德语系朱家骅教授的助教。1925年爆发了全国规模的"五卅"运动，他奋起响应声援和支持。王德三等组织新滇社，王有德即加入北京分社，旨在团结旅外的云南进步青年，从事反对帝国主义、反对封建军阀的斗争。1926年，王有德随朱家骅南下广州，他即加入新滇社广州分社，并积极参加革命活动。是年底，王有德经人介绍入黄埔军校，开始了他投笔从戎、保家卫国的生涯。他在黄埔军校任上尉编译官，主要负责校刊、教材的翻译和编辑工作。1927年1月，鲁迅应聘到广州中山大学担任教职，王有德与杨伟业即于30日午后看望恩师。鲁迅后来也曾到黄埔军校演讲。

不久，王有德在国民革命军第11军陈铭枢部任营长，随部队由江西九江至南昌，参加八一起义。失败后随蔡廷锴第11军第10师到福建。后来，蔡廷锴、蒋光鼐两师扩编为国民革命军第十九路军，蒋任总指挥，蔡为军长，王有德则历任属下团副、团长和78师上校参谋长。"九一八"事变后，日本侵略军得寸进尺，十九路军奉命调至上海驻防。1932年1月28日夜，十九路军奋起抵抗日军的猖狂进攻。王有德身先士卒，率部英勇作战一个多月，给日本侵略军以沉重打击，而王有德在激烈的淞沪抗战中因劳累过度，在军中病殁，时年仅35岁。

提出《推广中华新武术建议案》的王讷

王讷（1880—1960），字墨仙，又作默轩，别号七二名泉烟雨楼主、西湖渔父。山东安丘市后十字路人。早年中举后，宣统二年（1910）举贡会考中第五名，保和殿复试获二等第二十九名，为师范科举人，授七品京官。曾受清廷委派赴日本考察教育。回国后任山东省教育会会长，他在济南创办山东高等师范学堂并任监督。1911年加入中国同盟会，是年11月创办《齐鲁公报》，因鼓吹独立被查封。王讷将其改头换面，以《齐鲁民报》名义出版。民国初，他被推选为第一届国会众议院议员。王讷提倡和支持共和政体，竭力反对封建帝制，故颇遭拥袁复帝派的攻击。

1917年初，王讷提出《推广中华新武术建议案》，同年3月

22日经众议院表决通过。关心时事的鲁迅连续在《新青年》杂志发表了《随感录三十七》《随感录五十三》《关于〈拳术与拳匪〉》等文章，对包括王讷在内的一些人热衷于把武术当作"国粹"而加以提倡的现象表示异议，说"北京议员王讷提议推行新武术，以'强国强种'"，如果"到处学习，这便是的确成了一种社会现象"，"中国拳术，若以为一种特别技艺，有几个自己高兴的人，自在那里投师练习，我是毫无可否的意见"，但"教育家都当作时髦东西，大有中国人非此不可之概"，而"鼓吹的人，多带着'鬼道'精神，极有危险的豫兆"，是理所当然应反对的。针对陈铁生对鲁迅《随感录三十七》的所谓驳斥意见，在1919年2月15日北京《新青年》第六卷第二号上发表《关于〈拳术与拳匪〉》一文，予以反驳，同时附有陈氏《拳术与拳匪》，以便广大读者分析，得出是非结论。

国会解散后，王讷举家南迁长沙，在湖南先后担任厘金局局长、保靖县知事。后一度出任陕西省教育厅厅长。1922年冬回山东，先后任山东储材馆馆长、省实业厅厅长。1925年军阀张宗昌督鲁后，王讷深知"秀才遇到兵，有理说不清"，当年9月去职，从此与仕途绝缘，以诗书画为娱，度过后半辈子。

善文工诗的著名报人王小隐

鲁迅在《坟·说胡须》一文中写道："长安的事，已经不很记得清楚了，大约确乎是游历孔庙的时候，其中有一间房子，挂着许多印画，有李二曲像，有历代帝王像，其中有一张是宋太祖或是什么宗，我也记不清楚了，总之是穿一件长袍，而胡子向上翘起的。于是一位名士就毅然决然地说：'这都是日本人假造的，你看这胡子就是日本式的胡子。'"此处的长安，即西安，鲁迅所说的"一位名士"，就是当时已大名鼎鼎的王小隐。1924年7月7日，应西北大学之邀，鲁迅离京赴西安，为该校与陕西省教育厅合办的暑期学校讲《中国小说的历史的变迁》，8月12日返京。王小隐也应邀以《京报》记者身份到西安讲

学，与鲁迅同行。在他们游西安孔庙时，也看到了许多画像。鲁迅当年10月30日写杂文《说胡须》时，顺便引用了王小隐关于画像的观后感。

王小隐（1894—1946.12），原名乃潼，字梓生，笔名梦天、忆婉庐主、阿费、华胥等，山东费县人。诗文巨匠，著名报人、学者。父亲王景禧，光绪十六年进士，翰林院编修兼国史馆协修。家学渊源，1920年他却考入北京大学土木工程系，后才改为历史系。毕业后王小隐曾在北京平民大学新闻系任教。1930年5月，他被国民革命军第十二军军长任应岐任命为费县代理县长。次年"九一八"事变后，先后担任国民革命军第二十师（时驻兖州）师长孙桐萱的秘书、曲阜孔府和邹县孟府的秘书等职，但一生主要从事新闻业。1926年，王小隐到天津任《东方时报》（中文版）总编辑，又担任《北洋画报》记者、特约撰述和编辑，辟有《梦天谈剧》《幽居小品》《忆婉庐缀墨》等栏目。据文史研究家侯福志、张现涛统计，自1926年7月创刊至1934年3月，他在《北洋画报》发表了360篇左右文章，量大质优。1928年6月《东方时报》停刊后，王小隐先后担任《益世报》的《益智粽》（后改《语林》）、《天津商报》的《古董摊》等大报副刊编辑。由于他的新闻敏感性强，知识渊博，文笔好，亦为性情中人，为人豪爽交友多，办报甚为成功，时人评价《天津商报》特约王小隐任《古董摊》编纂"为报界放一异彩"。《天津商报》三种副刊：王小隐主编《古董摊》，吴秋尘主编《杂货店》，沙游天主编《游艺场》。内容精彩，冠绝平津。王小隐还是颇有感情、忠于爱情的好丈夫，发妻高婉闺，两人1912年结婚，她1927年初不幸病逝。伉俪情深，痛悼异常，1月5日《北洋画报》刊发王氏《一哭——哀内子高婉闺》诗，就是其中一首感人肺腑的悼亡诗。他独居5年后，才与名媛陈文娣喜结连理。陈氏是才女，善文墨，工度曲，昆剧等唱做俱超人一等。王小隐又是超级戏迷、票友，也是资深戏曲理论家。他在《北洋画报》辟有《梦天谈剧》，常有精辟的评论文章问世，谈戏，谈艺人，谈票友，谈各种角色的特点，颇能吸引戏曲界和广大观众、读者的眼球。与陈氏对他工作的支持有关。王小隐关于皮黄、昆曲、粤剧、秦腔、话剧等诸多剧种写有大量的文章宣传、倡导和支持，对戏曲艺术贡献甚大。他写的诗歌，涉及送别、咏物、抒情、记事、怀念（人与事）等各种门类，也很值得收集整理和研究。

王小隐写的文章应是大量的，但似未有人整理出版。能看到的仅有1934年出版的《圣迹导游录》之类导游小册子、随笔《入山集》《断弦》《直奉大秘密》等。"七七"事变后，王小隐在耀华学校任教，后任新民会天津总会宣传科科长，1938年，聪明一世、糊涂一时的王小隐经不起日伪软硬兼施、拉拢引诱，出任新民会中央总会组织部长，铸成大错。抗战胜利后，他追悔莫及，于1946年12月自缢而死，向国人谢罪。

出任广州市市立世界语讲习所所长的区声白

世界语（Esperanto）是波兰籍犹太人柴门霍夫博士于1887年公布创立的一种国际辅助语方案，旨在消除国际交往中人类使用语言的障碍，促进各国（地区）和各民族方方面面的交流和合作。20世纪初，世界语传入中国并迅速传播发展，还形成了北京、上海、广州三个中国世界语运动的重要基地与中心城市。孙中山、蔡元培、鲁迅、吴稚晖等发挥了重要的指导和引领作用。粤籍或有里昂中法大学留学背景或在中山大学等粤地大中学校任教的刘师复、伍大光、黄尊生、区声白等人则在广州地区为发展世界语事业贡献甚伟。在这里，梳理区声白为此所作的努力和贡献。

区声白（1892—1945），广东顺德人。1918年，区声白与蔡元培、吴稚晖、李石曾、伍大光、金曾澄、许论博、陆式楷、盛国城、黄尊生、侯佩尹十一人联名发表《中国世界语学院劝捐启》，认定"世界语为国际交通之利器，民族携手之良好工具"，借鉴世界语在"国际上之实际的应用"与"伦理的学术的范围"等方面的实际活动，发起成立中国世界语学院，以适应国际上如火如荼之世界语思潮，"向外宣传吾国文化，提高吾国国际地位，再进则谋与五大洲八十余国之民族，为真挚的、友谊的携手，共同努力于世界和平、人类亲善等伟大工作"。这十一名发起人中来自广东五人：广州金曾澄时任广东高等师范学校校长；新会伍大光不久就任广州市教育局局长；许论博早在1904年留学法国，学习过世界语，回国后在广州办过世界语班，并与刘师复主办过世界语大会；番禺黄尊生在香山县城开办过世界语班，并为教育界名流讲授过世界语；区声白在1912年参加广州世界语夜校学习，后就读广东高等师范学校和北京大学，继续学习、传播世界语。1921年10月，区声白等首批粤籍公费留法生抵达里昂中法大学就读。其间，他与另一位法国人任义务世界语教师，每日授课1—2小时。1922年5月，孙国璋和俄国世界语诗人爱罗先珂等在北京授课、讲学，区声白均积极参与。是年他出席国际世界语教育会议。1923年，他与黄尊生当选语言委员会委员。1924年，在孙中山的支持下，国立广东大学得以建立（后改中山大学）。区声白学成回国，即应聘到中山大学任教。1926年5月，该校又成立世界语学会，8月开设世界语夏令班。是年5月，在广州市教育局局长伍大光支持下，在广州市立师范学校内创建世界语师范讲习所，聘请区声白、许论博任教。至此，已有中山大学、私立广东国民大学和市立美术学校等校将世界语列入课程科目。20世纪30年代是广州世界语运动的鼎盛时期。1933年，区声白代表广州世界语讲习所向汉口世界语学会介绍广州世界语教育现状，说中学开设世界语课程者包括执信女中、市立一中、知行中学、体育学校、知用中学、新闻学校等，教师包括杨景梅、刘伯谦、林擘坤、黄恬波、李乐以及他本人。他还提议举行全国世界语会议，"由该地方同志担任轮流召集"。"九一八"事变后，广东国民大学世界语学会用世界语发表宣言，"讲述事变之经过，邮寄全世界各国，请主持公道，接到各国复书200余封，均表示深切同情"。1933年，区声白与梁叔仁、吴康等中大师生成立世界语社团"中大踏绿社"，主旨为"以'世界语'为中心语言，从事于人类文化统一运动"。至1937年5月，共举办七期讲习班。平时，邀请社员参加世界语座谈会，"藉以增进世界语讲话之能力，并收联络感情，砥砺学问之效"。逢柴门霍夫博士诞辰、忌辰，还组织纪念会，其中一次，区声白以"广州世界语运动史"为题作了演讲。

1927年1月30日《鲁迅日记》记载："晚黄尊生、区声白来。"据知情者回忆：法国世界语学者、诗人赛耳（Zeihile）1923年8月1日自法国猎昔出发，徒步周游全世界，1927年1月上旬步行抵达广州，黄尊生、区声白邀请鲁迅参加在桂香庙寰球学会举行的欢迎赛耳大会，会议用世界语演说，气氛热烈，"鼓掌之声不绝"。

对中国人"常有好意的苦言"
的日本汉学家冈千仞

在1929年8月5日《语丝》第五卷第二十二期上，鲁迅发表了题为《"皇汉医学"》的杂文，鲁迅以自我反省和自我批评的态度说："我们'皇汉'人实在有些怪脾气的：外国人论及我们缺点的不欲闻，说好处就相信，讲科学者不大提，有几个说神见鬼的便绍介。"他又说："小朋友梵儿在日本东京，化了四角钱在地摊上买到一部冈千仞作的《观光纪游》，是明治十七年（一八八四）来游中国的日记。他看过之后，在书头卷尾写了几句牢骚话，寄给我了。来得正好，钞一段在下面：……"

此处所说的小朋友梵儿，是鲁迅在北京大学授课时的得意门生和关系甚密的忘年交李秉中。1929年7月22日《鲁迅日记》亦有"收李秉中自日本所寄赠《观光纪游》一部三本"的记载。而鲁迅的这篇文章有半数以上文字是在议论冈千仞的《观光纪游》的。

冈千仞（1833—1914），字振衣，号鹿门，日本仙台人。他自幼熟读四书五经，精通汉学与西学。冈千仞原是幕末仙台藩士，因力主尊王维新，曾被藩主投入监狱，险些丧了命。明治维新后，任仙台养贤堂教授、日本修史馆编修官、东京府书籍馆干事等职。他改名千仞，字振衣，并为其侄取名濯，字万里，均取自我国西晋诗人、文学家左思《咏史》八首中的第五首："振衣千仞冈，濯足万里流。"意思是：在千仞高冈抖去衣服上的灰尘，到万里长流中去洗足除垢。这可谓是西晋五言诗的扛鼎之作，不仅抒发诗人的愤懑之情，豪迈高亢，雄健劲挺，而且也体现了他的高尚情操。同时，冈千仞借此为自己和侄子命名和字，也足以说明冈千仞对中华文化的热爱和研究之深。秀才出身的王韬因上书太平天国被迫流亡，著有《普法战纪》一书，在日本颇有影响。52岁那年，他应邀做东瀛之游，并将所见所闻写就《扶桑游记》，因有幸与冈千仞相识，志趣和生活经历又相似，遂成挚友。冈千仞早有"一游中土"的夙愿，在王韬的鼓励和支持下，也是1884年52岁如愿来华，历时300余日，足迹遍及上海、苏州、杭州、天津、绍兴、广东、北京等，与李鸿章、盛宣怀、俞樾、李慈铭、文廷式、张裕钊等达官显贵、名士亦有往还。难能可贵的是，冈千仞的中国游历，逐日及时记录，与其说是游历，不如称为实地考察，他著有《沪上》《苏杭》《燕京》《粤南》等日记共十卷，总称《观光纪游》。清代末年，祖国内忧外患，山河风雨飘摇，而统治集团内部相当多的官员和士大夫，沉浸在蒙昧和梦寐之中，可谓"于世态人情，十不知一；于古今成败，百不知一；于当今之务，救世之略，无一知者"。在笔者看来，外国人历来对中国有各种各样的认识、态度和评述，可分两大类，一类"捧"是友好的，另一类"捧"是捧杀：有仰慕中华优秀传统文化的，其中许多日本人还一度师从中国，当然，也有贬损和抹黑中国的。而冈千仞在《观光纪游》里有关自然风光、物产、风土人情的记述较为生动，给人印象也很深，他基本上抒发欣赏的思想感情；而涉及中国社会时弊、陋习和丑恶现象，他则直抒胸臆，揭露一针见血，入木三分，因身为外国人，毫无顾忌，也毫不留情。由于他接触中国上层社会，又深入民间基层，长时间地广泛地实地考察，调查研究，对于所见所闻，他所作的分析及言行较为客观、公正、实事求是，是显然不同于怀有不纯动机甚至敌意而作出故意丑化、抹黑、打压言论的那些洋人的。正如哲人所言：只有不想吃中国人的肉的人，才会这样毫不留情地批评我们。也就是说，他的批评是中肯的。鲁迅在《"皇汉医学"》一文中摘引冈千仞《苏杭日记》里批评一些中国人推崇日本人所写的中医著作，却轻视西方医学的一席话，认为"冈氏距明治维新后不久，还有改革的英气，所以他的日记里常有好意的苦言"。冈千仞一踏上中国土地，留给他最初印象是：所到之处，中国人对他的围观，"市人观余异服，前后群拥，使人不胜"。在杭州，"市人拥观，殆为渠所看杀"；到了绍兴，他乘月色夜游街市，越人除"簇拥"外，还"有投瓜皮瓦石者"。对于这种对外国人不文明行为，冈千仞还能谅解，至多说明当时中国的封闭和落后。因为明治维新前的日本，欧洲人来到江户（东京）也是这样的。但是，在北京，一次同四位衙门大臣会见时，一位总管外交事务的衙门大臣竟一而再，再而三地发问：汽车有什么用处？反复问答，大臣们还不满意，冈千仞提高声调答道："欧美各国，讲利无所不至，假使汽车有害而无利，他们就不制造和使用了。"至此，几位大臣才默不作声。当天，冈千仞记下感慨的日记：衙门大臣是总管外交事务的，"而曚然此等事"，不停地纠缠发问，执政者尚且如此愚昧、落后和无知，"不知富强为何事！"犹如燕子把巢建在帷幕上，不知大火马上就要烧到厅堂了。这位日本汉学家根据在中国的观感写就《观光纪游》一书，他敏锐地认清当时的中国正在遭受烟毒、经毒（六经毒）、贪毒这三种毒的全国性祸害，并正告曰：不扫除这三毒，"中土之事不可下手"！局外人比当局者看得清、看得精准，冈千仞果真如此。

20世纪30年代初轰动全世界的"牛兰事件"

牛兰(右)与其夫人合影

　　1931年6月15日,"泛太平洋产业同盟"上海办事处秘书牛兰及其夫人被上海公共租界警务处逮捕,8月移交国民党当局,关押于南京监狱,以"危害民国"罪判刑,牛兰夫妇则绝食抗议,宋庆龄等组织"牛兰夫妇营救委员会",与法国工会联盟、国际反帝同盟等掀起了一场世界性的营救牛兰夫妇运动。牛兰,何许人也？牛兰（Naulen，1894—1963），原名雅可夫·马特耶维奇·鲁尼克（Яков Матвеевич Луник），生于乌克兰工人家庭。1914年毕业于基辅一所商业学校。因他在第一次世界大战中作战勇敢，被送入圣彼得堡军事学校学习。1917年，牛兰参加埋葬沙俄帝国的二月革命，又率部攻打冬宫，获得十月革命的胜利，也成为布尔什维克的一员。1918年被选入苏联"契卡"（全称为"全俄肃清反革命和怠工非常委员会"，苏联情报机构克格勃的前身）。他曾被派往欧洲数国执行任务，在法国曾被捕，1920年两年徒刑刑满回到苏联，调入共产国际联络部，负责联络意大利、德国、奥地利等国共产党的信使。1927年11月被共产国际派到中国工作，化名牛兰，"泛太平洋产业同盟"上海办事处秘书则是其公开身份。其实，牛兰全面负责中国联络站工作，并负责共产国际远东的事务。牛兰夫人的真实姓名是达吉亚娜·尼克莱维娅·玛依仙柯（1891—1964），生于圣彼得堡一户贵族世家，就读于贵族学校，自幼受到良好的教育，精通法、德、英、意大利等多种语言。她背叛了本阶级，接受十月革命的洗礼，加入布尔什维克，并受共产国际派遣，先后到意大利、奥地利和土耳其等国工作。1925年在维也纳与牛兰相识相恋结婚。1930年初她带着儿子吉米到上海，协助丈夫工作。他们在中国的任务很繁重很重要，但他们能胜任。上海公共租界警务处查不到把柄，只好放人。要不是顾顺章、向忠发这两个大叛徒的出卖，国民党政府也是无法定牛兰罪的。1931年6月初，共产国际的信使在新加坡被逮捕，株连牛兰夫妇，致使夫妇俩在上海被捕，并被转交给国民党当局，关押在南京老虎桥"第一模范监狱"。令国民党政府始料未及的是，营救牛兰夫妇的努力很快发展成为世界性的运动。1931年8月20日，爱因斯坦、蔡特金、德莱塞、史沫特莱、宋庆龄、高尔基等国际名人组建保卫牛兰夫妇委员会；共产国际积极采取行动，甚至动用了苏联红军情报部门的远东情报组织佐尔格小组；宋庆龄、沈钧儒、杨杏佛等亲赴南京，多次到狱中探望牛兰夫妇。宋氏还书面担保牛兰夫妇保外就医，甚至与蒋介石谈判，以蒋经国换回牛兰夫妇……而牛兰夫妇则在狱中以绝食抗议等方式予以配合和应对。鲁迅在《南腔北调集·谁的矛盾》中谈到新闻记者关于萧伯纳的报道和评论时说："有的又看不起他（指萧伯纳——笔者），因为他不是实行的革命者，然而倘是实行者，就会和牛兰一同关在牢监里，看不起他的人可就不愿提他了。"在《且介亭杂文·关于中国的两三件事》中，鲁迅又谈道："牛兰夫妇，作为赤化宣传者而关在南京的监狱里，也绝食了三四回了，可是什么效力也没有。这是因为他不知道中国的监狱的精神的缘故。有一位官员诧异的说过：他自己不吃，和别人有什么关系呢？岂但和仁政并无关系而已呢，省些食料，倒是于监狱有益的。"事实上，国民党当局以"危害民国"罪起诉时，牛兰夫妇绝食抗议，也是他俩唯一可取的斗争方式，以博取社会舆论和海内外人民的同情、声援。1932年春，鲁迅曾与史沫特莱等商量营救牛兰夫妇。正是在进步人士的共同抗争下，国民党当局不得不公开审理牛兰夫妇案，在判处死刑后即援引大赦条例，改判无期徒刑。1937年8月27日，牛兰夫妇趁中日战争加剧、日军炮轰南京的混乱之机，设法逃出南京监狱，并于1939年最终顺利地返回苏联。牛兰回国后，出任苏联红十字会对外联络部部长、大学教授等职。其夫人回国后发挥语言特长，从事语言研究和翻译工作。

教育部同事、民国前期教育家毛子龙

　　说起毛子龙，当今的年轻人对他相当陌生，可是在民国前期还是有一定知名度的教育家。毛子龙（1873—1928），名邦伟，子龙是他的字，贵州遵义人。他是光绪年间的举人出身，还东渡日本留学，毕业于东京高等师范学校，后来成为毛子龙夫人的伍崇敏系留日同学，待他俩学成回国，适逢

毛子龙（右）、伍崇敏夫妇合影

辛亥革命成功，推翻了封建帝制，建立了中华民国，北洋政府也重用这位海归人员，委任为教育部佥事、编审处审查员，有人说，还委派他担任全国编纂委员会主任，主持编纂中小学教科书，故与鲁迅同事多年，间有交往。《鲁迅日记》中记载至少有三次。1913年11月15日晚，同事伍仲文为"赴长江一带视察法政校"

的张仲素饯行，毛子龙等同事与鲁迅应邀同席。1915年1月16日晚是鲁迅做东，宴请毛子龙、伍仲文等人。1912年5月，毛子龙兼任过北京高等师范学校（北京师范大学前身）教授，1919年7月至1920年9月，他首任北京女子高等师范学校（北京女子师范大学前身）校长；1921年10月至1922年7月，则是担任代理校长；1926年9月至1928年11月第三次出任女师大校长，夫人伍崇敏则任训育主任。毛子龙三任北京女师大校长期间，军阀混战，政局动荡不稳，学潮此起彼落，毛子龙穷于应对。平心而论，他既承担教育重任，便苦心孤诣经营，延揽包括鲁迅在内的贤才到该校兼课即为一例。可是，毛子龙思想倾向还是守旧的，围绕寄居在他家的同乡许羡苏（许钦文之妹）的剪发与入学女师大一事，鲁迅同毛子龙周旋多时。毛子龙校长制订森严的校规，女生入校读书，不准随意进出校门；每星期回家，须由家长负责接送；连头上的发型也规定把头发梳成盘发髻或 S 髻，不准剪成短发。许羡苏考入该校时，已剪成短发，只好请鲁迅陪同她去女师大报到，鲁迅是她的入学保证人。1920年8月26日，鲁迅"夜寄毛子龙信"疏通也好，多次当面向毛校长求情也好，毛均不买账，许羡苏仅因剪了短发而被校方勒令退学。鲁迅愤愤不平，"感慨系之"，于1920年10月10日在上海《时事新报·学灯》发表《头发的故事》，他联系亲身经历，说古道今，向人们诉说了"多少中国人只因为这不痛不痒的头发而吃苦，受难，灭亡"这一头发的故事。他笔锋一转，若有所指，诘问道："现在不是已经有剪掉头发的女人，因此考不进学校去，或者被学校除了名么？"鲁迅同情的就是"被学校除了名"的许羡苏和缪伯英、张挹兰、甘睿昌这四位女师大新生。文中的"我的一位前辈先生N"，显然指的是时任校长的毛子龙。许羡苏因剪短发被驱逐出北京女师大校门的事令鲁迅刻骨铭心，难以忘怀。1925年11月9日《语丝》周刊第五十二期发表了鲁迅的杂文《从胡须说到牙齿》，他依然抒发自己的感慨："虽然已是民国九年，而有些人之嫉视剪发的女子，竟和清朝末年之嫉视剪发的男子相同；校长M先生虽被天夺其魄，自己的头顶秃到近乎精光了，却偏以为女子的头发可系千钧，示意要她留起。设法去疏通了几回，没有效，连我也听得麻烦起来，于是乎'感慨系之矣'了，随口呻吟了一篇《头发的故事》。但是，不知怎的，她后来竟居然并不留长，现在还是蓬蓬松松的在北京道上走。"文中说的"她"，显然是说许羡苏，而"校长M先生"就是时任女师大校长的毛邦伟（子龙），因思想守旧又固执，鲁迅也不顾比自己年长八岁的老同事的脸面，照样打他的脸，辛辣地讽刺了一下。

著名的图书目录学家毛坤

在2005年版《鲁迅全集》第17卷，关于毛坤的注释甚简，亦不甚正确。现在完全可以补正。

毛坤（1900—1960），字良坤，号体六，别署铁炉，四川宜宾市人。我国著名的目录学家。幼时家贫，从事农耕，只能读几年私塾。后其父开饭馆经商，家境渐好，就读于成都师范学校，他向来刻苦学习，成绩亦优，故毕业后留校任教。不过，毛坤仍继续深造，于1922年考入北京大学文科预科，继入该校哲学系，读三年级时不知何故转入武昌文华大学图书馆学专业。在文华大学毕业后留校任助教，不久得校长同意，毛坤得以带薪复学于北京大学哲学系。1931年毕业后，他践约到武昌文华大学图书馆学专科学校工作，历任助教、讲师、副教授、教务长兼教授。全面抗战爆发后，该校迁大后方重庆，毛坤随往并主持该校教务。在那里，他主持开设我国最早的档案管理这门专科。抗战胜利后，文华大学返回武昌，毛坤因病滞留四川，后应聘为四川大学教授并兼任该校图书馆馆长。新中国成立后，他仍在四川大学执教，主讲"中国目录学""中文图书编目""文史哲概论"等。

据《鲁迅日记》所载，鲁迅于1925年6月16日曾"得毛坤信"，18日"上午复毛坤信"。据分析，毛坤考入北京大学后，极有可能听过鲁迅的课，与鲁迅有交往。否则，毛坤与鲁迅不大可能贸然地互通书信。1925年6月正是毛坤改换学校和所学专业的时候，他很可能是征询鲁迅意见或函告鲁迅求学学校及其专业的变化。

自改变专业后，毛坤一生致力于图书和档案管理研究及教育。在高校尤其是四川大学任图书馆馆长时，组织馆员对馆藏图书进行全面清理编目。在治学方面，他对于中国目录学研究甚力。他主张应学习和借鉴外国现代图书馆学理论和管理方面先进的一面，强调绝不能照抄照搬，应结合中国实际。毛坤在图书目录学方面著述甚丰，计有《图书馆的中国化问题》《目录学通论》《中国目录学》《中外目录学与目录学家》《中国人名之研究》《大学图书馆问题》《西文史部目录学》《书目答问补正批注》《版本溯源》等数十册。在档案学方面，毛坤亦造诣颇深，1957年国家档案馆公布的《中国国家档案馆规程草案》就出于他之手。平时，他新旧诗词均有感而发，有《廖园集》《铁炉诗稿》等。

与鲁迅打过笔仗的历史武侠小说家文公直

文公直是民国时期的历史武侠小说大家，20世纪30年代，曾与鲁迅唇枪舌剑，打过火药味甚浓的笔仗，故在现代文学界和知识界有较高的知名度。

文公直（1898.11—？），名砥，又名永谛、克俭，字公直，号萍水文郎，别署文砥、文翮健、文若翁等，前常缀"萍水"二字，指代地望萍乡。除他习惯用的"萍水文公直"外，有时署"潇湘文公直"，以示其母族籍在湖湘。江西萍乡人。现代著名的武侠小说家。其父文廷式，光绪十六年中进士，二十年升翰林院侍读学士，兼日讲起居注，系瑾、珍二妃教师，一度圣眷盛隆。他不仅是诗词大家、学者，而且为帝党代表人物，思想激进，敢言人所不敢言，文公直颇受其影响。文廷式生有文永誉（字公达，小字宝书，陈氏出）、文敦书（陈氏出，早夭）、女□□（适江苏仪征李九龄，陈氏出）、文永谐（字公毅，龚氏出）、文永诚（字公诚，龚氏出）、永谛（字公直，龚氏出）等子女。除长子文公达早年从政，晚年与叶恭绰等友善，曾任《小时报》主编，略有声名外，最有出息的就是幼子文公直。他五岁开始读经、读史，在少年就打下了中国传统文化知识的坚实基础。文公直13岁时北上燕赵，仗其身高体强虚报年龄考入军校。在学习军事知识和技能的同时，披阅欧美和日本名著，尤其注重于世界史知识。军校毕业后，文公直在军中任职，参加讨袁、护法诸役，并追随孙中山，投身革命。1921年，湘鄂之役爆发。文氏在湘军任职，曾至长沙省亲，将自己的思想迷茫向母亲龚氏诉说，这龚氏是李慈铭所说"美而能诗"的才女，正在著述《明史正误》，告诉文公直"儿习史，当于二十四史以外求之"，文氏听后，"乃如闻暮鼓晨钟，憬然知前此之但知读而不知考核参证之为大误也"。当时，政治风云多变，军阀之间分合不定，方始握手言欢，倏忽又刀兵相见。文公直作为职业军人，并为少将军衔，身不由己。母亲的中肯意见，简直为他拨开迷雾。1922年，文公直被诬入狱，他铭记慈母教导，泰然处之，一年后其旧部迎文氏出狱。在狱中及其此后闲居时，文公直对己作为有所反思，毅然弃武从文，一度应聘为《太平洋午报》编辑。其实，他在狱中精读"母慈兄友"提供的《千古奇冤》，萌发了创作《碧血丹心大侠传》及其系列的计划。1928年，文公直开始写作第一部，于1930年出版。1933年，他又陆续出版了第二部《碧血丹心于公传》和第三部《碧血丹心平藩传》，三卷共125回，一百余万言。他写明朝大臣忠肃公于谦精忠报国的感人事迹，从于谦出世求学开始，写到为明宣宗平定藩王朱高煦为止（计划中尚有《碧血丹心卫国传》，惜因故未能完成）。平心而论，文公直创作武侠小说的初衷，旨在"使文忠烈、于忠肃、史阁部之光明磊落、碧血丹心，尽入于人心"。此外，文氏作"碧血丹心"系列文化大工程，也有强烈的现实意义，当时，屡屡发生日、英、美等帝国主义列强武装干涉中国内政、屠杀国人的惨案，如"五卅惨案""汉口惨案""沙基惨案""万县惨案""济南惨案"等，文公直也借此鼓舞中国人的斗志和勇气。按照当今的标准来说，有人说文氏作品的趣味性即艺术性似嫌不足，但其挽颓唐之文艺、救民族危亡之初衷即政治性还是应认可的。其实当年，于右任为《碧血丹心大侠传》所写的序言中已有高度评价：该书"叙述忠肃故事，体虽演义，而文则详于正史"，"信夫扬先烈之光，作民族之气，小说之力，较正史为大。忠肃死，而论浃血气，耿耿忠烈之精神不死"。况且，如论资排辈的话，他还是梁羽生、金庸的前辈，对后来的新派武侠作家颇有影响。

除了文公直的代表作"碧血丹心"三部曲，后来，他还有《女侠秦良玉演义》《江湖异侠传》《剑侠奇缘》《赤胆忠心》《关山游侠传》等小说和《中华民国革命史》《中国文化史》《中俄问题全部之研究》《俄罗斯侵略中国痛史》《泰西经济思想史》等治史著作相继出版。

文公直作为武侠小说大家却与文学巨匠鲁迅打过一场硬碰硬的笔仗，现在看起来，纯系误解所致，责任方在文公直。1934年7月25日，鲁迅在《申报·自由谈》署名"康伯度"，发表了《玩笑只当它玩笑》（上）一文，意在提倡吸收一些欧化语法，使中文语言表达更为精密。康伯度，英语comprador的音译，即买办。鲁迅由于林默在《论"花边文学"》中说他写文章是"买办"手笔，遂故意用了这个笔名。而思想偏激，头脑又不冷静的文公直一看到作者"康伯度"的名字就大为光火，在鲁迅文章发表的25日当天就给鲁迅写信，无端给他扣上"汉奸""买办"等吓人的大帽子。1934年8月4日《鲁迅日记》载述："得张梓生信并上月《自由谈》稿费四十，附文公直信，夜复。"也就是说，8月4日收到《自由谈》编辑张梓生写给他的来信，并附来文公直给康伯度的信。此则《鲁迅日记》中的"夜复"，即《康伯度答文公直》一文，文公直的来信和鲁迅的复信均在8月7日《申报·自由谈》同时发表。而鲁迅又把它们编入他的杂文集《花边文学》里。文公直对鲁迅错误的攻击，理所当然地遭到他的严词驳斥。鲁迅在《花边文学·序言》中理直气壮地说："只为了一篇《玩笑只当它玩笑》，又曾引出过一封文公直先生的来信，笔伐的更严重了，说我是'汉奸'，现在和我的复信都附在本文的下面。其余的一些鬼鬼祟祟，躲躲闪闪的攻击，离上举的两位还差得很远，这里都不转载了。"鲁迅坚信广大读者是能分清是非的。我们重温鲁、文两氏的笔仗始末，是文公直把鲁迅主张吸收欧化语法的良好本意，误解为他"要把中国话取消"，更错误地乱扣帽子，使用的语言也很刻毒，如责问鲁迅："为甚么投这文化的毒瓦斯？是否受了帝国主义者的指使？"鲁迅从事实和语言及逻辑诸角度进行反驳。这要怪文公直自己并未仔细看懂鲁迅文章的真实意图，也不了解鲁迅的文风等，铸成大错。其实，文公直创作武侠小说旨在"昌明忠侠"，这种传统文学和鲁迅代表的新文学，都在继承、弘扬和捍卫中华文化。

顺便说明一下，2005年版《鲁迅日记》第31页关于文公直的注释有"1934年间（文公直）为国民党政府立法院编译处股长，曾写信攻击鲁迅为'汉奸''买办'，似有因果关系"。据考，1927年南京国民政府成立，胡汉民就任立法院院长，文公直投亲靠友找了胡汉民，因为胡汉民与文廷式为中表之亲（胡汉民的母亲是文廷式祖父文晟和侧室吴氏所生的第四个女儿）。在裙带风盛行的民国时期，文公直到该院编译处供职并非稀罕事，何况胡氏卸任后，文公直也"辞职走沪"了。

厦门大学同事、德国籍哲学教授艾锷风

古斯塔夫·艾锷风（Gustav
Ecke，1896—1971）来华前在包
豪斯学院任教，是陈嘉庚在他27
岁那年特地用高薪"挖"到厦门
大学教哲学和美学的。他入乡随
俗，取了一个中国名字：艾锷风。
1926年9月初，鲁迅亦应邀到该校
工作，两人有缘成为几个月的同
事，《鲁迅日记》有3处记载：1926
年12月24日，是鲁迅主动"赠艾
锷风、萧恩承英译《阿Q正传》各一本"的。鲁迅离厦赴穗前夕，
他两次走访鲁迅：1927年1月13日"上午艾锷风、陈万里"结伴
看望鲁迅。14日"夜艾锷风来并赠其自著之 *Ch. Meryon*"（《查
理·梅里昂》德文本），也是同鲁迅话别的。

艾锷风与鲁迅的交往似乎不多，时间也不长，但他长期在中

艾锷风与其中国夫人曾佑和

国工作和生活（约23年），先后在厦门大学、清华大学和辅仁大学等中国一流高等院校执教，又爱好中国建筑、家具等艺术，常常不辞辛劳从事田野考察，对中国十分了解，肯定是"中国通"。他1935年在美国哈佛大学出版《泉州双塔》（*The Twin Pagodas of Zayton*），是与法国汉学家戴密微（1894—1979）合著；另一本他著的《中国花梨家具图考》，确立了艾锷风中国硬木家具研究第一人的地位。1965年艾锷风还著述了《中国书画在夏威夷》。他在泉州、厦门和北京等地拍摄了大量珍贵的历史照片（有的现已不复存在），购买和收录大量中国书画、图书、文物古董，其友好往来的中国名人很多，如冯至、梁思成、徐悲鸿、邓以蛰、季羡林、王世襄、容庚、陈梦家、陈衍、刘若愚、唐君毅、瞿克之等等。艾锷风通过人员交往（包括当时在华的外国人）、举办展览、出版图书，特别是向中国学子传授知识的教学，为中外文化学术交流作出了独特和重要的贡献。

艾锷风来华前，在德国、法国一些大学攻读美术史、哲学史，26岁就获得了博士学位，所以他在厦门大学是当哲学教授的。而1928年清华学院易名为清华大学，艾锷风接受邀请到北京清华大学西洋学院教授德语，我国著名文学家季羡林（1911—2009）就是他的其中一位学生。1935年，艾锷风被聘请到北京辅仁大学，成为西洋文学史教授。据季羡林忆述，艾锷风经常"翘课"（请假），有的确是请病假，有的则另有所图，他在收集、拍摄和测绘中国家具和创办《华裔学志》等。1944年珂罗版印刷的《中国花梨家具图考》，就收录了122件家具实物图片和部分测绘图纸。艾锷风到北京后，很快结识梁思成，他俩经常实地考察建筑，拍照和测绘。1937年"七七"事变后，战乱频仍，艾锷风不能像以前那样外出考察测绘古建筑，又从老同事邓以蛰家发现明式黄花梨家具，兴趣和研究方向也转到中国古老家具方面（当时北京各式家具甚为便宜，对于高薪的艾锷风极易购置）。

在辅仁大学执教期间，艾锷风也获得他的"另一半"。陈光熙是艾锷风的同事，又是曾佑和的姨夫，让曾佑和报考辅仁大学，很快她成为艾锷风的学生（寄宿在陈家）。艾锷风与曾佑和年龄相差整整29岁，但这对师生恋、异国恋和老夫少妻配终于在1945年举行隆重的婚礼，陈光熙、启功等均为女方主婚。后来曾佑和（1925—2017）也谈及此事：

    他是我在辅仁大学时的西洋美术老师，我觉得从他身上有学不完的东西，他对音乐、绘画、雕刻、建筑、文学等方面都有所研究。在学校时，他就看上了我。一毕业，就请我去当他的助教，三年以后，我们结婚了。我很佩服他，很愿意为他做事。

1948年，辅仁大学停办，艾锷风拿着校方给予的一年补偿金，偕妻回到厦门大学。1949年初，夫妻俩应檀香山艺术学院邀请离开中国。1952年，艾锷风在檀香山艺术学院东方艺术博物馆成功地举办了第一届中国家具展。1971年，艾锷风突患心脏病离世，享年75岁。曾佑和则将珍贵的7件家具慨赠北京恭王府。2010年亦回到北京定居，2017年辞世。

鲁迅允诺为其小说写序的文学青年田景福

田景福（1911.5.13—2002），笔名晾，山西汾阳董家庄人。父母都是虔诚的基督教徒，在田景福幼小时就接受华北公理会的洗礼，并在教会学校完成小学和中学学业。毕业后，他一度担任教员、校长、布道员。后又到北平燕京大学深造。1935年毕业后回到山西，在太原基督教青年会担任学生干事。由于酷爱文学，田景福组织了太原青年文学研究会，在《并州日报》辟有《青年文学》周刊，发表会员习作，还经常举办讲座，请专家、学者主讲、指导，会员间常常切磋研讨，搞得生气勃勃。全面抗战爆发后，田景福热血沸腾，全身心地投入到抗战救亡运动中去。1938年他被调至陕西宝鸡市，第二年就成立宝鸡市基督教青年会并亲任总

干事。1948年，田景福出任西安市基督教青年会总干事。新中国成立后，田景福仍一直在陕西教会工作，先后任陕西省基督教三自爱国运动委员会主席、陕西省基督教学会会长。1988年。他与陕西教会其他牧长一起创办了陕西圣经学校，亲任校长、名誉校长，直至2002年在西安辞世。纵观田景福的一生，可谓致力于基督教工作。他从青少年时代开始，同情广大被压迫的人民大众，与中国共产党有广泛的共同立场，因此也蹲过国民党的大牢。

见诸《鲁迅日记》，有两处直接记载田景福与他的往还，一是1935年9月9日"上午得田景福信，即复"。二是同年同月29日"下午得田景福信"。对此，田景福晚年有过清晰的回忆：

记得那是一九三五年秋，我写了一篇题为《冬天的事》的短篇小说，寄给上海《文学》被采用了。可是按当时出版手续，付印前要送国民党图书杂志审查委员会审查，结果是盖上一个长方形蓝色图章抽去了。当时《文学》主编是郑振铎和傅东华，他们很负责地将稿退还给我，并附短信说明经过。我不甘心将这篇小说埋没，经过朋友们的鼓励，决定给鲁迅先生写信，准备连其他六篇小说都寄给他，出个集子，请他作序，希望通过他的关系，找到出版机会。这七篇小说，就以《冬天的事》命名，因为当时的形势和气候，以及小说的内容，都是属于冬天的。信发出后，很快接到先生的回信。……当时听说先生健康情况已日渐衰退，没有将稿立刻寄出，谁知仅仅一年多一点的时间，先生便与世长辞了！

田景福写给鲁迅的第一封信是这样的：

鲁迅吾师：

　　请原谅我冒昧给您写信并这样称呼您！我是一个爱好文学的青年，从您的著作中，给了我无穷的教益和力量，我开始学着写一些小说，并成立了一个小小的文学团体——文学研究会，希望得到您的指导，我还有七篇小说（其中三篇是准备发印时被审会抽去的）准备给您寄去一阅，可否给写个序？诚恳的希望得到您的回信！

　　谨祝

撰安！

田景福

一九三五年九月四日

　　据田景福说，全面抗战爆发后，他任全国青年会青年军人服务部第三支部主任，忙于抗日救亡工作，战火流离中，将《冬天的事》书稿也丢失了。"珍藏在身边的鲁迅亲笔书信也在我入狱时被国民党特务当作罪证没收了"，好在他的记忆力强，尚能清晰地还原出鲁迅复函的全文：

景福先生：

　　惠书收到。您的作品要我作序，不妨寄来，不过我有两点得预先声明：一、一时不能看好；二、有我的序反与通行有碍。

　　顺颂

时绥！

鲁迅

九月九日

　　田景福从15岁开始发表小说《蛇和桥》，后在《东方杂志》等刊物发表过《钱的作祟》《刘二哥》《卖鸡子的妇人》《一个楼顶上的朋友》等。如作家董大中所言：他的这些作品"以鲜明的爱憎感情，探索社会的锢弊和小人物的命运"，"反映了一些旧时代北方劳动人民和知识分子的悲惨苦难的生活经历"，这在当时并不多见，在中国现代文学史上也填补了北方农民困苦挣扎的生活的空白。20世纪80年代初，在董大中的帮助下找到田景福早年发表的八篇小说，易名《田景福小说选》，1986年由陕西人民出版社出版，圆了他半个多世纪出版小说集的梦。

　　顺便说一下，田景福作为虔诚的基督教徒，早在20世纪30年代创作《一轮明月歌》，由美国传教士范天祥博士谱曲，作为圣诞诗歌风行海内外，可见其艺术价值之高。

中国现代数学奠基人之一冯汉叔

冯汉叔（1880—1940），名祖荀，字汉叔，浙江杭县（今杭州）人。中国现代数学的开山鼻祖。1902年，在开明的父亲支持下，冯汉叔考入京师大学堂师范馆。1904年，他被"派赴日本游学"，初入京都第一高等学校就读，后转至京都帝国大学理学部研读数学。在日本留学期间，冯汉叔参与发起成立"以讲求实学，输入文明，供政界之研究，增国民之知识为宗旨"的北京大学留日学生编译社。该社出版《学海》杂志，选择编译的题材"必以纯正精确，可适用于中国为主"。《学海》是我国最早的科技译刊之一，分甲、乙两编，乙编涉及理工农医各科，上海商务印书馆发行的创刊号首篇即是冯氏译英国 W.W.R. 博尔（Ball）所著的

《物质及以脱论》。该刊对在我国传播现代科技知识有很大作用。

1909年，冯汉叔、鲁迅回国后均在杭州的浙江两级师范学堂任教，是相处较好的同事。辛亥革命后，京师大学堂更名为北京大学。1912年5月，鲁迅到北京在教育部任职。不久，冯汉叔也到北京大学理科任教授。是年8月5日、7日和21日冯汉叔连续三次"至部见访"。不知怎的，此后两人几乎没有往还。1913年，冯汉叔他们不断探索现代大学数学系的办学模式，使课程设置亦逐渐完善，遂于1917年改数学门为数学系。他擅长分析方面的学科，讲授集合论、积分方程式论及微分方程式论、无穷级数论、变分法、椭圆函数及椭圆模函数论等。除在北京大学数学系任系主任、教授外，冯汉叔曾兼任北京高等师范学校（1923年改名为北京师范大学）数学系主任多年。一方面他认真备课、讲课，另一方面做了许多学术工作，如在1919年1月《北京大学月刊》创刊号上发表《以图象研究三次方程之根之性质》，在1930年北大《自然科学季刊》第2卷第1期上发表《论模替换式之母》、在北高师《数理杂志》连载其著述的《微分方程式论》等，也撰写过《柯西（Cauchy）氏积分公式之新证法》等论文。他还支持北大、北师大学生成立"数理学会"，常予以指导，并多次作学术报告。对后学竭尽心力提携，像傅种孙等著名数学家均得到他的培养、帮助。1929年成立中国数理学会，1935年成立中国数学会，冯汉叔均热心参与筹建，并担任学会董事等职。此外，他在中外数学界学术研究、交流方面，也做了大量工作。

冯克书，这位鲁迅的学生实在了不得

遐山哥英鉴：

久疏问候，抱愧良深！顷接华函，不胜感激。近日京中之事，弟之所以迟迟未报者，恐吾哥悬念耳。近来事已可告一段落，而吾哥由报中已知之，则弟当详细情形据实报告，如家姐未知详情，可勿叙述，以免悬念；而已知者祈详细一说，庶可稍安耳。

民国四年五月七日，日本无理要求二十一条款，俱与中国存亡有关系。政府畏其强硬，不得已承认之。故五月七日为中华民国国耻纪念于今四年矣。今者，欧战告终，已开和平会议。吾国被德国前所夺去之青岛当然归还中国，而日本欲继承德国之后。夫青岛为山东咽喉，山东又为南北之要道，倘一旦青岛入于日本之手，则南北隔绝，中国必亡。

青岛存亡，即中国存亡之问题也。欧洲和会既开，吾国专使力争青岛归还中国，不准为日人所夺，而日人以借口密约，必欲得青岛而后已。考密约原因，由交通总长曹汝霖、驻日公使章宗祥、银行总裁陆宗舆等朋比为奸，借日款饱私囊，身居显威，置国家于不顾，此等所谓卖国贼，人人得而诛之。但彼等势力比大总统大，故虽有爱国之士，俱敢怒而不敢言。弟到京之后于今两载，心中愤怒不可言状。盖国之不存，家亦不保，国家俱亡，身也焉附。况今之亡国，与古不同。古者一代兴一代灭，所谓楚得楚失，同是一家人。今者国家若亡，非灭种不止。至于做奴隶牛马尚小事耳。彼卖国贼弱国丧权，只图一己之利，同学等每怀思及靡不痛心疾首者也。

至今年五月，欧洲和会将签押，将青岛为日本所有。加以国耻纪念日（五月七日）亦至于是。同学心中之火，一发而不可遏，遂于五月三日与各校联络，谓现在救国非学生不行。夫学生本无势力，但合群为之，所谓群策群力，虽不成，亦听天命可也。与其为亡国之奴，不若为民国之鬼。首先提议先将交通总长、驻日公使等卖国贼打死，然后再作外交后援。议决后，即于下午一点钟会集各校学生（共三千余人）于天安门（都门）往交通总长家。而曹贼知势不好，即逃。惟章宗祥（驻日公使）尚在，遂大肆殴打，本欲将他打死，后因不能认明此贼是否章宗祥，故留他一线生命。方群打章宗祥时，忽然屋中火起，少息，而步兵、马队、警察、消防队星罗齐集，学生遂各散去，时被捕者共三十二人。弟见机而作，尚未被捕，而幸免者，甚险。自后各校遂组织学生联合会面将三十二人要求释放，一面讨论进行事宜。被捕同学三十二人，吾校之被捕者八人。各校长、教员均与学生联合一气，共同进行，遂上书总统。第一，不准签字（青岛）；第二，将交通总长等卖国贼惩办。一方面自己发布传单、印刷物等；一方面四出讲演。

后京中下令戒严，不准学生讲演、发布传单，而学生不理，仍旧继续进行。第一日被警察捕去者十余人，学生始终不怯。第二日被捕者数百人，第三日数千人。警察所、拘留所最多不过容积（纳？）数十人，彼等遂异想天开，将大学讲堂为牢狱，然学生终于不怕。第四日，全北京各校学生四出讲演，警厅没有法子，拘也不能拘了，即拘去之人，吃饭须警所出钱，而饭钱每人每日只【至】少二角，故警厅所经费吃也吃穷了。警察总监遂见大总统，要求办法。大总统亦无法，遂与教育部商量，并借经费与学生之被捕者吃饭。教育部说，学生再高尚可贵，谁叫你拿人？警察厅没法，遂请被捕学生回校，而被捕学生云，你前既捕，后无故放我们，视学生如儿戏？不肯回校。日后警察所再三哀求，遂议决须有三事办到后，始肯回校。第一，须政府向学生谢罪；第二，将卖国贼罢免；第三，青岛不签字。当是时也，各省罢市、罢工、罢课者络绎不绝，电报之来呈校表示赞成取一致行动者，不可数计。

政府不得已，始肯应允，学生等遂欣然回校。日下，事虽告一段落，而后患正未已也。弟今年决不回南，暑假期内住在学生团办公处，通信仍高师可也。弟在京一切均自知谨慎小心，请勿锦注。惟今年预算所用经费比去年较多耳。暑假期内讲演团仍继续进行，校中自五月四日以后罢课至今。现校中已放暑假矣。余言后述，不一。

特此草草，即复此请台安并祝

阖第均吉!

弟　克书　鞠躬

信到日祈赐回信，以免悬念。盖恐此信落于贼人之手也。

又及：仁山哥，现在何处？致意。

便时，代为道候。

六月二十一日

这是一位绍兴籍赤子的家书，绽放"五四"之光。这位赤子当时就读于北京高等师范学校英语部，名叫冯克书，在故乡则是鲁迅任山会初级师范学堂监督（校长）时的学生。迄今为止，笔者仅看到过闻一多的"五四家书"，关于震惊中外的五四运动情况，几乎都是见诸报纸的大量报道、评论。冯克书作为一位爱国青年，亲自经历这场伟大运动，这一"五四家书"通篇是为祖国为人民一往无前的豪情和不避艰险、勇往直前的精神，流露最真挚的感情、最鲜明的时代特征。冯克书辈对民族危亡的忧虑，对投身运动的热忱，对家人亲友的眷念，种种思想感情交杂在一起，

1919年5月7日，北京高师师生欢迎被拘学生回校的热烈场面。站在高处的即为获释的爱国学生。

但国难当头之际，他们毅然决然地选择了民族大义，肩负起时代的担当。我们吟读这封"五四家书"，那场激动人心的历史大事件还原在我们面前，仿佛听到了热血青年们的呼号、呐喊，看到了他们英勇的抗争……

古人云："烽火连三月，家书抵万金。"冯克书的"五四家书"颇有独特的文献价值、史料价值和其他价值，是不能用金钱来衡量的。

冯克书（1896—1948），字德峻，号继香，浙江绍兴人。他在绍兴县立师范学校（前身为山会初级师范学堂，1912年民国肇建后易名）毕业后，于1916年考入北京高等师范学校。他不忘恩师，曾于1918年7月14日晚上看望过鲁迅，是日《鲁迅日记》亦记载："晚冯克书来，字德峻，旧越师范生，今在高师。"据分析，在北京的绍兴同乡常有聚会和其他社交活动，除此以外冯克书与鲁迅会面的可能性极大，但被鲁迅漏记的可能性也不小。在校期间，冯克书也编辑过北京高师的《平民教育》。1921年毕业后，冯克书先后担任广西、浙江和四川等省教育厅科长或督学之类职务，以及四川十六专区教育视察员、四川省立威州乡村师范学校校长、广西师专行为心理学教授等职。他一生忠诚于教育事业，力所能及地做了许多值得称道的实事。1930年，冯克书以省教育厅督学身份到浙江平阳视察，看到当地乡贤黄溯初出巨资在万全郑楼建起蚕桑学校，环境优美，校舍宽敞，鉴于浙南民众文化水准不高，已有改办中等学校的想法，冯克书发表意见，说：浙南师资缺乏，教育滞后，亟须发展师范教育，黄溯初辈听了认为言之有理。冯返杭后正式向浙江省教育厅提出建议，并很快获准，这样，一所温州师范学校顺利地办起来，后来发展为温州师范学院，最终办成了温州大学。

冯克书是陶行知教育思想的忠诚践行者，这突出表现在他任四川十六专区教育视察员和威州乡村师范学校校长期间。十六专区和威州当年说来是藏羌民族边远地区，他能深入穷乡僻壤，克服物资短缺、语言障碍等艰难险阻，与藏民、羌民交朋友，很快写出了《理番考察述要》《松潘考察述要》等有分量的材料，更把陶行知的"手脑并用""教学做合一""生活即教育""社会即学校"等教育思想理念贯彻到对学生的日常培养之中。"作为一名师范生，应该明白怎样才能做到'教学做合一'。"这是他常对学生说的一句话。为了让学生知道稼穑来之不易，他在学生用餐的地方亲书"思来处"三字，意在教育学生父辈种植庄稼很辛苦，我们应该珍惜粮食，珍重父辈的劳动。平时，他组织学生参加拉煤、挑货物等体力劳动，拉近他们与父辈及劳动人民的距离，同时促使学生更了解社会，更体察民情。作为一位正直、爱国的教育工作者，人在四川大后方经常开展抗日救亡教育，曾在学生寝室门楣上方亲书"卧薪尝胆"等激励学生。一位高姓教员被理番县国民党抓捕，他挺身而出，高声抗议道："高老师是我聘来的，我负责任，你们不能把他带走！"后来，冯克书多次前往狱中探望，并想方设法营救他。

1948年，冯克书因患癌症不幸病逝，留下遗著《浙江省立第一中学第一部分革命以后之概况》《教育儿童》《儿童天禀的差异》《儿童的本能与教育》和前面已提及的《理番考察述要》《松潘考察述要》等。如《理番考察述要》长达一万二千余字，详细地叙述了理番的历史沿革、自然资源、经济文化、习俗民情等，并提出自己的意见："理番人口，汉民约5%，故一切政治、军事、经济、文化均应着眼于夷民。理番县土地（面积）之大，荒山之多，非内地各县所可论比；森林之盛，实为天府之处女地。唯以交通不便，货弃于地；文化低落，开发无由；教育不继，政令难于推动；

经济艰窘，事业不能发展。"最后，围绕发展交通、启迪民智（提高民众文化水平）、培养基干（基层公务员）、教育设科办理（政府下设专门机构，专人主抓）和发展生产与保护森林（鉴于滥砍滥伐严重）等六方面提出建议。此件虽是向四川省政府及其教育厅提出的书面报告，地方当局却束之高阁，无动于衷，但它涌动着冯克书的一腔热血和对藏羌边缘地区兄弟民族的深情关爱。即使在今天，对于我们支援少数民族和边远落后地区还是有启迪和借鉴的地方。

鲁迅同情性格怪异的穷学生冯省三

　　冯省三（1902—1924），
山东平原人。1922年，家庭
贫寒的他终于圆了他的大学
梦，成为北京大学预科法文
班的学生。是年，俄罗斯盲
诗人爱罗先珂应邀到北京大
学讲授世界语，校方安排其
住宿有难处，鲁迅、周作人
主动把他安顿到装饰一新的
八道湾11号周宅。冯省三此时热衷于学习、推广世界语，常去
周宅向爱罗先珂请教，一来二去，他与周氏兄弟的关系也十分
不错。冯省三对师长的失敬甚至无理的"出格"表现，鲁迅也不
计较。荆有麟作为亲近鲁迅的学生，写有《鲁迅回忆断片》一文，
就讲述一则故事：一天，冯省三到八道湾鲁迅家里，随便地往鲁
迅睡铺一坐，跷起二郎腿，对鲁迅用命令式的口气说，看到离你

家不远的巷口有人在修鞋，把我这双破鞋拿去修修吧。如果是其他人，定会将冯省三又破又臭的鞋子扔出去了，而鲁迅对青年学生脾气出乎意料地好，真的拿了他的鞋子出去让鞋匠修好，而冯省三连起码的口头感谢也竟然没有表示。后来，偶尔谈及此事，鲁迅说：山东人性格真直爽。也是这一年10月新学期开始不久，冯省三参与了该校学生反对征收讲义费的风潮，尽管他并非始作俑者和组织者，大概身材高大，冲在前面，言辞又激烈，扬言与决策者决斗，给校方留下极为深刻的坏印象，很快将冯省三作为害群之马"除名"。事情闹大后，他曾写信给胡适，"盼望胡先生帮助我"回北大旁听，胡适回答说：做好汉要做到底，不要对我们有什么请求了。而鲁迅在11月18日就此事写了一篇短评《即小见大》（《热风》），说："北京大学的反对讲义收费风潮，芒硝火焰似的起来，又芒硝火焰似的消失了，其间就是开除了一个学生冯省三。""这事情很奇特，一回风潮的起灭，竟只关于一个人。""现在讲义费已经取消，学生是得胜了，然而并没有听得有谁为那做了这次的牺牲者祝福。"寥寥数语，表露了对冯省三这位贫穷的青年学生的同情。

1923年，冯省三与陈声树等创办北京世界语专门学校。是年1月20日，爱罗先珂和周作人宴请四位日本友人时，他与鲁迅等应邀作陪。2月6日，"鲁迅收到省三寄来书一本"。5月10日，冯省三拟离开北京前往广州的中山大学讲授世界语，向鲁迅辞行。鲁迅见他囊中羞涩，就资助路费，《鲁迅日记》亦有"省三将出京，以五元赠行"的记载。据《鲁迅日记》记载，计有17处记载冯省三与鲁迅的往还，冯给鲁迅写过4封信，鲁迅则复过他1封信；冯送过鲁迅一本书，可能是他编印的《世界语名著选集》，而鲁迅则送他《桃色的云》《呐喊》等书；冯省三对鲁迅是敬重的，在北京时至少有7次登门看望鲁迅，而鲁迅对他也是关爱的，最后一次是1924年4月5日，看冯省三寒酸，借他二元钱。鲁迅还支持冯省三的工作，1923年9月17日，为他参与创办的北京世界语专门学校义务讲授中国小说史，19日还将讲义交冯省三印行发给学生。1924年5月19日，冯省三赴广州国立广东高等师范学校任教，同年6月19日突患重病逝世。7月8日，北京大学一些学生为他开了追悼会。不知是触景生情，还是太委屈了冯省三，反正鲁迅对他及其遭遇念念不忘，在《两地书·二二》还说："提起牺牲，就使我记起前两三年被北大开除的冯省三。他是闹讲义风潮之一人，后来讲义费撤消了，却没有一个同学再提起他。我那时曾在《晨报副刊》上做过一则杂感，意思是：牺牲为群众祈福，祀了神道之后，群众就分了他的肉，散胙。"冯省三短暂的一生，给鲁迅留下很大的遗憾。他生前只编有《世界语名著选集》。

经济学家皮宗石

其实，皮宗石不仅是著名的经济学家，而且是著名的法学家、教育行政专家，而数百万言的《鲁迅全集》却只有在1925年12月24日《国民新报副刊》发表的《"公理"的把戏》一文中提及他，知道他们"都是北大教授，又大抵原住在东吉祥胡同，又大抵是先前反对北大对章士钊独立的人物"。2005年版《鲁迅全集》第三卷第182页关于皮宗石的注释把其卒年1967年误植为1954年了。

皮宗石（1887.8.23—1967.12.30），字皓白，号海环，湖南长沙福临镇福临铺社区人。他15岁到省城长沙求学，先习武，进武备学堂，与程潜同学，后因骑马时摔下，遂弃武学文，入城南书院就读。1903年，皮宗石凭自己的实力考取湖南官费东渡日本留学，并且是在日本最高学府东京帝国大学，攻读政治经济学。在日留学期间，先后结识黄兴、宋教仁、林伯渠和孙中山等反清革命的领导人和骨干，1905年8月中国同盟会在东京一成立，他遂加入，并接受孙中山、蔡元培等委派在日本和回国从事革命活动。民国肇建后，皮宗石奉黄兴指令在汉口积极参与筹办《汉口民国日报》，使之成为反袁（世凯）阵地和党人的联络点。袁世凯对此恨之入骨，通过其在汉口的代理人借故封闭报馆，捕去周鲠生、杨端六等人，皮宗石适逢去九江执行另一革命任务得免。但袁氏的高压政策已使皮宗石在国内无立足之地，被迫设法到英国伦敦大学经济学院留学深造。在留英期间，他参与包围时任中国出席巴黎和会首席代表陆徵祥寓所，迫使他无法在和约上签字。1920年回国后，许多政要邀请皮宗石去从政，均被他辞谢。信守教育救国的理念，皮宗石起初到湖南法政专门学校任教，后来应邀到北京大学任教并继李大钊之后兼任图书馆馆长。20世纪20年代初，他参与发起组织"民权运动大同盟"，争取民主权利，也参与创办《现代评论》周刊，还应孙中山之邀参与创建广东大学（现中山大学）。1927年，蔡元培任南京国民政府大学院院长后，皮宗石等亦到南京，任大学院教育行政组主任。1928年，蔡元培一度兼任司法部代部长，又请他到司法部任秘书长，处理日常事务。是年，在武昌第二中山大学基础上建立武汉大学，皮宗石又赴武汉，在教学、教务和筹款诸方面竭尽心力。他在武大工作九年，除讲授财政学等课外，先后兼任该校社会科学院院长、法学院院长、教务长、图书馆馆长等，积极协助校长把武大办成全国著名的高等学府。1936年冬，湖南大学校长辞职，省内外热望皮宗石接任。皮宗石不负众望，接任后就设法将湖南大学的"省立"改为"国立"。他延聘了一批著名教授，同时聘了一批中青年学者，注入新鲜血液，还解聘了几名确实不称职的教师，其中一位是兼任英语教师的美国传教士。有人质疑，他回答：我调查了解过，这位美国人只会说本国话，且没有学问。我们是高等学府，又不是教堂！皮宗石贯彻蔡元培"兼容并包"的办学理念，如他擅长的经济学，允许讲授各种流派理论，学术氛围十分浓厚。第二年全面抗战爆发，皮宗石及早应对，将图书、仪器、设备等赶在日机狂轰滥炸前转移，减少了损失。他也不唯上，薛岳任湖南省主席兼第九战区司令长官，要他将湖南大学迁至战时省会耒阳附近，被他拒绝；薛氏希望湖大多输送一些毕业生给他们，他爽快答应了。皮宗石一生在多个高校担任教职，各方面反映他治校有方，在招生、考试、人事任用等方面要求严格，照章办事，口碑不错。

皮宗石离开湖南大学后，曾被选为国民参政会参政员。抗战胜利后，他又被聘为湖南省银行董事等职。有人邀他一同去台湾，则被他一口拒绝。新中国成立后，中南军政委员会成立，皮宗石被任命为财政经济委员会委员，后被聘为湖北省政府参事、湖北省政协驻会常委等。1967年12月30日，为我国经济学、法学和教育行政学作出了重大贡献的皮宗石，突患脑溢血去世。

作家石民

石民、石纯仪父女俩合影

曾经是中国现代著名的诗歌流派 —— 象征派的重要诗人、散文作家、翻译家和编辑家的石民，确是一位多才多艺的人物，只是天不假年，英年早逝，人们将他淡忘了，以致2005年版《鲁迅全集》第17卷第36页关于石民的注释甚为简略，很值得补正。

石民（1903.3.8—1941），原名光络，字立温，号阴清，又号影清，湖南邵阳市新邵县陈家坊人。他自幼聪明好学，1918年9月至1922年7月在长沙岳云中学读书，1924年又以优异成绩考入北京大学英语系，与师友林语堂、徐志摩、胡风、梁遇春等有往还，亦受他们的影响，而往还尤为密切的是鲁迅。石民在北大英语系学习，因酷爱文学，常常慕名旁听鲁迅的课，他在学生时代就开始从事诗歌、散文的创作。见诸《鲁迅日记》中他俩的交往，鲁迅于1928年7月4日才"得石民信"，其实，石民在北大读书时已认识鲁迅。1928年，石民获北大文学学士学位。毕业后到上海北新书局任编辑，与已定居上海的鲁迅有了密切的往还，据《鲁迅日记》统计，从1928年7月4日鲁迅"得石民信"开始，到1936年7月19日他"收生活书店补版税五十元，又石民者十五元"为止，九年中鲁迅在日记记载两人往还多达57处，其中石民给鲁迅写信14通，鲁迅给石民写信达17通之多，这种反常现象在鲁迅与人通信中是罕见的。遗憾的是，鲁迅写给石民的17通书信，均遭佚失。文化人之间常常是以文（或书）会友，1929年2月26日，鲁迅收受过石民刚出版的诗集《良夜与恶梦》，日译本《阿Q正传》面世后，石民及时将松浦所送的4本书送到鲁迅的手里，还代送有关的《文学新闻》两张；而鲁迅也在1929年7月20日"寄赠石民《艺苑朝华》两本"，1930年1月9日又以法国波特莱尔所著原文诗集《恶之华》慨赠他。石民有事或有暇也常去看望鲁迅，他单独或结伴看望恩师多达14次。1930年11月至12月，石民患病期间，鲁迅热心介绍并亲自陪同他到日本医生平井博士处寓诊，还为医患双方当翻译至少5次。石民在北新书局任编辑，主编英汉对照的各种丛书，参与编辑《青年界》杂志、《北新》周刊（后改半月刊）等，同时，他也常为《语丝》《莽原》《奔流》等投稿，鲁迅则有不少书在北新书局出版，许多文章在《青年界》等发表。所以，石民与鲁迅在业务上往来频繁，互相帮助和支持。1934年春，石民译就波特莱尔的散文诗集《巴黎的烦恼》，欲将版权售与北新书局，但为其老板李小峰所不接受。鲁迅非常同情贫病交加的石民，于5月17日从自己所得版税中预付250元给他应急，并将该译稿负责任地介绍给郑振铎、胡愈之他们主持的生活书店（鲁迅1935年4月25日致黄源等信中就谈及此事），使《巴黎的烦恼》得以出版。石民与鲁迅难免卷入一些纠纷是非之中，但因为志趣相投，感情真挚，两人均能坦然对待，公正处理，所以能一如既往地保持亲密和友谊。如1928年，作家程侃声（鹤西）和王方仁（笔名梅川）几乎同时翻译了俄国作家安特莱夫的中篇小说《红的笑》，鲁迅为王方仁校订并推荐出版，先在《小说月报》发表，而程氏译稿由石民负责编辑尚未付梓，程氏指责王氏的译文有抄袭嫌疑，酿成一场风波，石民与鲁迅均卷入其中，但他俩以友情为重，且均持公正客观的立场，使风波很快得以平息。又如，鲁迅与北新书局老板李小峰因版税纠纷诉至公堂，石民身为北新编辑，最终亦能独善其身，与鲁迅依然保持亦师亦友之关系。

约在1936年，经武汉大学国文系教授、连襟鲁思荐介，石民离开上海北新书局前往武汉大学教授外国文学，1938年随校内迁四川乐山，不久，因病重回邵阳治病，于1941年初最终被病魔夺去了生命，葬陈家坊祖山。妻尹蕴纬生有二女石纯仪、石缦仪，一子石型，尹氏1948年9月去台湾，1964年又移居美国，已于1992年去世。

石民如同一颗流星，它的光芒在黑暗的夜空只展现一瞬，但是他的文学成就是永存的。他留下近20部著译，其中影响较大的有诗集《良夜与恶梦》，译作《曼侬》（与张友松合译）、《巴黎的烦恼》（介绍到中国的第一本波特莱尔的散文诗集）、《德伯家的苔丝》、《忧郁的裴德》、《他人的酒杯》（诗集）；编著有《古诗选》《北新英语文法》等各种教材，其中《北新英语文法》发行量大，为当时全国中学普遍采用。

鲁迅著述《中国小说史略》时
也看过朱右曾的书

　　鲁迅在《中国小说史略·第三篇 〈汉书〉〈艺文志〉所载小说》中说:"虞初事详本志注,又尝与丁夫人等以方祠诅匈奴大宛,见《郊祀志》,所著《周说》几及千篇,而今皆不传。晋唐人引《周书》者,有三事如《山海经》及《穆天子传》,与《逸周书》不类,朱右曾(《逸周书集训校释》十一)疑是《虞初说》。"而关于朱右曾的史料历来不全,据清代嘉定举人乡试朱卷(十四)等史料尚可补充:

　　朱右曾(1800—1858),字尊鲁,又字序周,号咀露,江苏嘉定(今属上海市)人,居嘉定城内南门大街席家棚北首。朱右曾系清道光戊子科(1828)江南乡试第三十名举人,道光戊戌科(1838)二甲第七十九名进士,为翰林院庶吉士,散馆授编修,后历任安徽徽州府知府、贵州镇远府和遵义府知府。他公余潜心著述,尤精训诂,著有《逸周书集训校释》《左氏传解谊》《汲冢纪年存真》《诗地理征》等。

为鲁迅所推重、献身革命的刘一梦

鲁迅在1930年4月1日《萌芽月刊》第一卷第四期发表了《我们要批评家》的杂文,后编入《二心集》中。他在这篇杂文中写道:"这两年中,虽然没有极出色的创作,然而据我所见,印成本子的,如李守章的《跋涉的人们》,台静农的《地之子》,叶永蓁的《小小十年》前半部,柔石的《二月》及《旧时代之死》,魏金枝的《七封信的自传》,刘一梦的《失业以后》,总还是优秀之作。"这是在所有鲁迅作品中唯一谈及刘一梦及其作品《失业以后》。

刘一梦(1905—1931.4.5),原名增溶,参加革命后化名刘一梦、刘大觉,山东蒙阴县垛庄人。由于出身于坚持"道德文章"治家的大地主家庭，刘一梦等子孙自幼得以受到良好的学校教育，他与叔父刘晓浦均被送至临沂省立五中读书，适逢五四运动爆发，接受五四洗礼，叔侄的思想也发生了历史性转变。后来，刘一梦进济南商业专门学校、南京金陵大学就读，刘晓浦则到济南育英中学、南通实业纺织学校学习，最后，叔侄俩于1923年进入上海大学学习，一梦读中文系，晓浦读社会系。这上海大学实际上是中国共产党为培养革命干部而创办的高校，邓中夏、瞿秋白、蔡和森和陈望道等都在该校担任教职。大约也是在这一年，刘一梦、刘晓浦又同时加入中国共产党，背叛了剥削阶级家庭，步入职业的革命生涯。

在上海大学肄业后，刘一梦曾集中主要精力从事革命文学创作。1927年底，蒋光慈、钱杏邨、孟超等人发起创建太阳社，刘一梦亦积极参加，并有许多作品发表。如《斗》，写于1927年7月，发表在《小说月报》第十八卷。接着，他相继创作了《谷债》（载《小说月报》）、《沉醉的一夜》（载《太阳月刊》）和《工人的儿子》（载《莽原》半月刊）。1928年上半年，刘一梦又陆续发表了《车厂内》《雪朝》《失业以后》和《暴民》等四篇短篇小说。1929年初，刘一梦的八篇短篇小说结集为《失业以后》，作为"太阳社丛书"之一由上海春野书店出版。这就是被鲁迅推重的"印成本子"的"优秀之作"。太阳社及其《太阳月刊》对刘一梦的文学成就评价很高，蒋光慈夸他是最早塑造中国产业工人形象的作家，《太阳月刊》肯定"一梦的《沉醉的一夜》表现了对劳动阶级真挚的同情"。

对于刘一梦投身党的地下革命活动，其母亲等亲人屡屡相劝，他最终表示自己"在这混乱的社会上，去踏着鲜红的血迹，走向光明的路途"。约在1928年6月，刘一梦受党的派遣回山东任团省委书记。当时白色恐怖相当严重，翌年3月，他克服种种困难，巧妙地利用《济南日报》副刊创办了团省委机关刊物《晓风》，刘一梦亲任该刊主笔，以"大觉"名义，发表了《论新现实主义》《当前文艺运动之趋势》《论文学上的现实主义》等许多文章，团结广大进步青年。很不幸的是，不久，中共山东省委机关遭到破坏，刘一梦亦遭逮捕。在狱中，他宁死不屈，于1931年4月5日，与山东省委书记邓恩铭、省执委兼秘书长刘晓浦等22名中共山东党组织主要干部在济南慷慨就义。这不仅是中共山东省委最惨重的损失，像刘一梦这样有才华的作家被敌人残酷地杀害了，令人非常痛惜，难怪鲁迅婉转地叹息他在"忙碌或萧闲的战场"上"被'打发'或默杀了"。

颇有主见的报界怪杰刘少少

刘少少（1870—1929），名
焘和，字少珊，刘生、少少（"少
年中国之少年"之意）等皆为其
笔名，湖南善化（今长沙市）人。
早年贫困，敝衣破履，就读岳麓
书院时读书十分刻苦，成绩拔尖，
深得湖南提学使徐某赏识。1905
年东渡日本攻读法政，协助杨度
创办《中国新报》，首著论政家苦
乐文章，名声大振。1909年回国
后，应邀任（日本）《帝国日报》编辑，始以"少少"笔名撰写政
论，鼓吹宪政，在报界崭露头角。武昌起义后回湖南，任《湖南
新报》和《公言》杂志编辑，亦被北京《亚细亚日报》聘为主笔。
1915年袁世凯欲称帝，杨度等组筹安会，杨借袁氏之命委任刘
少少为谘议，支月俸千元，刘少少断然拒绝，并与杨度绝交。还

撰《袁世凯论》，痛斥袁氏内欺清室，外诳民党，卑劣非人，实为王莽、曹操之流，各报竞相转载，刘少少声誉达于舆论顶峰。而在另一皖系军阀段祺瑞下野时主动投书吹捧，赢得好感，段氏重掌政权后，对刘少少更是优礼以待。刘少少擅撰评论，嬉笑怒骂皆成文章，他撰文的特点是"务出己意，不阿时评"，故在出版界颇有影响，与黄远生、林白水、邵飘萍人称民初"报界四杰"。蔡元培出任北京大学校长后，聘刘少少到该校任哲学研究所讲师。"五四"新文化运动期间，他却站在对立面，发表《太极图说》《中国大学注》等文章，说太极图是中国"历史之真文明"，西方近代科学均为"吾国四千年前祖先已发现之"，讥笑白话文为"马太福音体"，刘喜奎固然是民国绝代佳人优伶，刘少少像民初袁世凯、黎元洪、冯国璋、徐世昌和曹锟五位总统那样神魂颠倒，特写七言绝句《忆刘王》诗十首，出格地吹捧她是"二十四传皇帝后，只从伶界出刘王"。刘少少把话说过头，引起鲁迅的异议，1919年8月12日在北京《国民公报》发表了《寸铁》小杂文（《集外集拾遗补编》），指名道姓地讽刺说："刘喜奎的臣子的大学讲师刘少少，说白话是马太福音体，大约已经收起了太极图，在那里翻翻福音了。马太福音是好书，很应该看。犹太人钉杀耶稣的事，更应该细看。倘若不懂，可以想想福音是什么体。"

1929年，刘少少在北京病逝，结束了在政治上倾向保守，而为文庄谐杂出、时有新意，保持刚正不阿的独立人格的一生。据传，刘少少竟因贫困而无以为葬，仅有《佛志辩》《韩非学说疏》《新解志》等遗著存世。

著名画家刘仑

刘仑（1913—2013），原名佩伦，后改名嵛、伦，自号"笔耕堂"，广东惠阳（今惠州市）桥西人。著名画家，可谓我国第一代版画家，擅长石刻画。系国家一级美术师，广州画院首任院长、广州市美协首任主席。

1931年，刘仑从广州市立美术学校毕业后，在惠州、防城等地任中学美术教师，工作之余从事石刻画等研究和创作。1935年加入李桦等发起创建的广州现代版画会。9月，他将刚创作的《河旁》《小码头》《市街》等五幅石刻画请托李桦转请他敬仰的鲁迅指导，17日《鲁迅日记》就有"上午得李桦信并刘仑石刻画五幅"的记载，鲁迅一直妥为收藏。1937年，刘仑加入中华全国木刻界抗敌协会，1940年任广东省艺术院木刻讲师。1951年参加人民解放军，曾赴朝鲜战场采风写生。令人肃然起敬的是，从1955年开始，刘仑多次重走长征路，体验生活，以利创作。苍天不负苦心人，他20世纪50年代创作的《红军过草地》曾入选教科书，刘仑也因此在摄制我国第一部彩色电影《万水千山》时被聘为美术顾问。到了晚年，刘仑又做了大量有益于美术事业发展的事，如1982年，他积极参与组建广州画院、广州市美协等机构，并出任首任主要负责人。1987年，他又全力支持家乡惠州建立"刘仑美术馆"。平时，他主张画家在从事艺术创作的同时，也要将自己的所思所想所得形诸笔墨，他带头将创作感悟和经验等写成《画语丝丝》一书。刘仑除艺术作品频频获奖外，还被授予"先进老人""功勋艺术家"等光荣称号和广州市首届城市美术之光"终身成就奖"、广州画院"终身艺术成就奖"等。

被鲁迅讽刺和骂过的刘百昭

说得俗一点，鲁迅骂过不少人，有人统计达一百多，其中有刘百昭。因1924年11月女师大风潮愈演愈烈，章士钊于1925年4月以司法总长兼任教育总长后变本加厉，于8月悍然下令解散女师大，在原校址另办"女子大学"，并派专门教育司司长刘百昭实施。刘百昭则卖力地执行，也因此遭到站在女师大进步师生一边的鲁迅的无情揭露和愤怒批判，鲁迅对这位教育部同事毫不留情，骂得够凶。

刘百昭（1889.5.25[①]—1933.6.21），字可亭，湖南武冈（今

---

① 关于刘百昭的生年，2005年版《鲁迅全集》第一卷第297页注其生年为1873年，而第三卷第129页其生年注为1893年，相差二十年，亦均未必正确，并均无卒年。笔者依据是2016年9月7日《中华读书报》上陈漱渝发表的《书展巧遇"刘百昭"，〈记念刘和珍君〉中那个反派刘百昭》，而陈文依据为刘百昭之孙刘恕提供的《刘百昭一生的几个主要片段》一文。

邵阳市洞口县高沙镇）木山村人。他早年在故乡观澜书院、高沙中学堂就读。中学毕业后，考入湖北高等铁路学堂铁路建筑专业。在武昌读书期间，适逢爆发武昌首义并取得成功，血气方刚的刘百昭积极参加辛亥革命，也因此获得公费留学的资格，先后到德国、英国留学、考察十余年，并获得世界名校英国爱丁堡大学政治经济学硕士学位，于1923年回国后，就到湖南高等商业专门学校任教务长。据说，他还参与湖南大学的筹建工作，任董事一职。1925年4月，章士钊兼任教育总长没几天，就提名留英同学刘百昭任该部专门教育司司长，主管全国高等教育事宜，还让他去解散女师大，另立女子大学。刘百昭于"公"于私非常忠实地贯彻执行章士钊的指令。章士钊、刘百昭上任之日，正是女师大学潮风起云涌之时，章、刘两氏的新官上任三把火，先从"整顿学风"烧起，加剧了章士钊、刘百昭、杨荫榆为代表的段祺瑞政府行政官员和女师大行政领导，同以刘和珍、许广平等为代表的女师大学生之间的矛盾。而刘百昭又愚蠢地采用简单、粗暴的手段，先是8月19日扬言"本人稍娴武术，在德时曾徒手格退盗贼多人"，公开恐吓学生；后于22日带领警察和雇用的流氓、女仆殴曳女师大学生出校，将其禁闭于报子街补习科中。如此野蛮地动粗，激起以鲁迅为代表的富有正义感的广大教师的反对和批判。10月间，刘百昭在女子大学演讲时，竟诬称反对章士钊的人为"土匪"。11月28日，北京民众在要求关税自主的游行中波及刘宅，他谎称家里存放当时兼任校长的北京艺术专门学校的八千元公款不见了，言下之意，被人所劫。其间，刘百昭还为《艺专旬刊》撰写骈文《发刊词》，自夸艺文才技。对于他这段时期的如此言行表现，鲁迅实在看不过去，在多篇文章予以抨击和讽刺。其中《华盖集·"碰壁"之余》和同书《"公理"的把戏》以及《华盖集续编·记念刘和珍君》都揭露"刘百昭率领打手痛打女师大""毛丫头"这种暴行。他的著名杂文《坟·论"费厄泼赖"应该缓行》还以此事为例论述"费厄泼赖"的流弊，说："刘百昭殴曳女师大学生，《现代评论》上连屁也不放，一到女师大恢复，陈西滢鼓动女大学生占据校舍时，却道'要是她们不肯走便怎样呢？你们总不好意思用强力把她们的东西搬走了罢？'殴而且拉，而且搬，是有刘百昭的先例的，何以这一回独独'不好意思'？这就因为给他嗅到了女师大这一面有些'费厄'气味之故。但这'费厄'却又变成弱点，反而给人利用了来替章士钊的'遗泽'保镳。"鲁迅在《华盖集·"公理"的把戏》中则批评那些北大等教授组成的"教育界公理维持会"名流诬女师大学生为"暴徒"，"他们之所谓'暴徒'，盖即刘百昭之所谓'土匪'，官僚名流，口吻如一"，"'名流'的熏灼之状，竟至于斯"。在《华盖集·这回是"多数"的把戏》中驳斥陈西滢的所谓女师大"少数"应该服从女师大"多数"的论调时，又讽刺刘百昭说："明亡以后，一点土地也没有了，却还有窜身海外，志在恢复的人。凡这些，从现在的'通品'看来，大约都是谬种，应该派'在德国手格盗匪数人'，立功海外的英雄刘百昭去剿灭他们的罢。"而在《华盖集续编》的《杂论管闲事·做学问·灰色等》《有趣的消息》《记"发薪"》等文章，鲁迅把矛头直指刘百昭："刘百昭司长的失少了家藏的公款八千元"，令人遗憾的是他偏"有这么多的储藏，而这些储藏偏又全都遭了劫"！这颇像无赖小贩"自己摔了"，却反诬他人。"我近来觉得有趣的倒要算看见那在德国手格盗匪若干人，在北京率领三河县老妈子一大队的武士刘百昭校长居然做骈文，大有偃武修文之意了；而且'百昭海邦求学，教部备员，多艺之誉愧不如人，审美之情差堪自信'，还是一位文武全才，我先前实在没有料想到。"

话说回来，尽管刘百昭在教育部任专门教育司司长时卖力执行教育总长章士钊指令，扮演了不光彩的角色，但纵观他的一生，也有值得肯定的地方，如拥护和支持辛亥革命，为教育救国而发愤读书。这位海归人士后来长期在高等院校担任教职，恢复国立美专，创办国立艺专，励精图治，培养了李苦禅、冼星海等艺术界佼佼者。离开教育部后，曾先后任财政部盐务学校校长、中华懋业银行总稽核。1930年8月，出任东北交通大学教务长，次年4月任东北大学法学院院长。由于刘百昭是"九一八"事变的目击者，所以他有不俗的爱国表现，义无反顾地投入抗日救亡的洪流，亲赴前线慰劳抗日义勇军。对蒋介石的独裁统治和不抵抗政策亦颇有微词。1933年6月21日，这位被鲁迅骂过的刘百昭和鲁迅的友人、刘氏同乡石民一样被肺结核夺去了生命。

对于人的一生，我们不能只看一时一事，就盖棺论定，理应全面、客观、公正地看待，对刘百昭也应该如此吧。

在饭局中偶与鲁迅同席的刘栋业

1929年5月27日《鲁迅日记》载:"(夜)凤举、旭生邀饮于长美轩,同席尹默、耀辰、隅卿、陈炜谟、杨慧修、刘栋业等,约十人。"那天,是张凤举、徐旭生做东,刘栋业时任北京中法大学孔德学院教务长兼教授,而鲁迅则是第一次到北京省亲期间,两人才有幸相识,并共进晚餐。

刘栋业(1897.7—1979.3),2005年版《鲁迅全集》注其卒年为1969,有误。曾用名启宇,福建福州人。刘栋业大学毕业后,从1927年开始,历任北平地质调查所调查员、北平大学讲师、北平成达中学校长、北平中法大学孔德学院教授兼教务长、上海商品检验局技正、福州电气公司曹村电化局技师、江西省民生染料厂经理兼技师、局政部第二颜料厂厂长、军政部第六被服厂颜料工场主任、福州铁工厂厂长等职。新中国成立后，刘栋业历任民建福州市分会筹委会主委、市分会主委，市工商联筹委会主委，民建福建省第一届工委会主委，第二、三届委员；民建第一届中央委员，省工商联主委、全国工商联执委；福建省首届各界人民代表会议协商委员会委员；省人民政府委员，省人民委员会委员；省政协第一届副主席，第二、三届委员等。

一代海军枭雄刘冠雄

见诸《鲁迅日记》，1913年
2月5日那天有载："范总长辞
职而代以海军总长刘冠雄，下
午到部演说少顷，不知所云。"
一介武夫，除继续当海军总长
外，还兼任教育总长，一文一
武，本是风马牛不相及的职务，
这只能说明刘冠雄当时投机钻
营，已获得"大总统"袁世凯的
赏识和信任。只是他对教育一窍不通，教育部内外反对声越来越
大，未及两个月，刘冠雄找了一个借口借坡下驴 —— 辞去教育
总长的兼职。

刘冠雄（1861.6.7—1927.6.24），字子英，号资颖，福建
闽侯（今福州市）人。他的出身低下，父亲是个箍桶匠，人长得
聪慧，迫于生计投考马尾船政学堂，顺利地迈出了人生第一步，

毕业后成了"镇南"号炮舰的驾驶官。清政府受中法马江海战惨败的刺激，作出"大治水师"的决策，措施之一是选派培养海军各类人才的留英留法学生。1886年4月，刘冠雄有幸前往英国格林威治海军学校学习枪炮操控和军舰驾驶，并到军舰"额格士塞兰德"号和某军工企业实习。当时，清政府向英国等订购"致远""靖远""经远""来远"等四艘新式巡洋舰，为节省巨额费用，刘冠雄与邓世昌、叶祖珪等勇敢挑起接舰重任，刘氏是"靖远"号大副，总管舰内事宜，他们齐心协力，穿越大西洋、地中海、红海、印度洋、马六甲海峡和南海，于1887年底将四舰接回祖国，刘冠雄也结束了留学生涯。1888年12月北洋舰队成军后，刘冠雄被任命为"靖远"号舰帮带大副（大副助手），不到两年又晋升为帮带（副舰长）。1894年7月25日甲午战争爆发，刘冠雄参加了大东沟海战等。清廷为逃避战争失败的主要责任，几乎所有战后余生的海军将领遭受革职等处理，刘冠雄却因在大东沟海战中有出色表现被留用。1895年6月奉命赴德国接收"飞鹰"号驱逐舰，回国后就升任该舰管带。有人还说，慈禧太后发动政变时，康有为仓皇出逃，慈禧曾令刘冠雄围追堵截，但"飞鹰"号追不上载康有为逃走的英国货轮，似是他故意为之。不久，刘冠雄当上了当时最大的军舰"海天"号巡洋舰管带。

刘冠雄在中日甲午战争中为国英勇抗击日本侵略军。1899年意大利派出6艘军舰到山东等沿海城市水域示威，胁迫清廷"租借"三都澳，但刘冠雄没有被意大利的炮舰所吓倒，以为天时、地利、人和皆在我方，建议清廷强硬对待，并备战有序，让意大利舰队虚张声势却白跑一趟。此事让他捞取了很大的政治资本，尤其是得到当时一言九鼎的重臣袁世凯的信任。在1904年日俄战争期间，刘冠雄在"海天"号舰触礁沉没一事上负有很大责任，又是袁的力保，让刘安然渡过难关，从此，刘冠雄更加死心塌地为其效力，官运也随之亨通。他先后出任海军部军学司科长，广东水师营务处总办等职。辛亥革命后，陈其美聘请刘冠雄为沪军都督府高等顾问，南京临时政府聘请他为海军部顾问。1912年袁世凯在运作于北京就职大总统的过程中，刘冠雄为袁氏涂脂抹粉，大唱赞歌，还规劝海军部次长汤芗铭、"海容"舰舰长杜锡珪等投奔袁氏。袁世凯则投桃报李，一当上总统就任命刘冠雄为海军部总长，并于是年11月授予他海军上将衔。在北洋政府走马灯式的内阁中，刘一共当了九任海军部总长，还兼任过两天的交通总长、不到两月的教育总长。刘冠雄也知恩图报，在1913年"二次革命"发生时，刘冠雄率海军镇压，如令汤芗铭镇压江西讨袁军，兼任福建都督时则整垮了国民党在福建的组织机构……

刘冠雄是聪明人，不支持袁世凯推行帝制，以为跟袁搞帝制是"祸在日后"，不跟从则"祸在目前"。他目睹举国上下汹涌澎湃的反对帝制浪潮，遂称病在家，亦为自己留好后路。刘冠雄的这一明智之举，使他的政治生命延续到1923年11月，后辞职，在天津颐养天年，直到1927年6月24日一命呜呼。

擅长化学的海归博士、教育家刘树杞

刘树杞（1890—1935），字楚青，湖北蒲圻人。他青年时代在武昌求学，血气方刚，参加了辛亥革命。1913年，刘楚青考上官费赴美国留学，先就读于伊利诺大学、密歇根大学，获化学学士学位毕业。后入哥伦比亚大学深造，于1919年获化学博士学位。其博士论文《从铬酸盐废液中电解再生铬酸的连续方法》，颇有生产实用价值，困扰美国化学工业多年的问题终于获得解决。厦门大学很重用这位海归博士，刘楚青一回国，就被校长聘为教务主任、大学秘书兼理科主任。厦大国学院因房子不敷使用，就借用生物学院的三楼存放图书古物，1926年9月4日，鲁迅南下亦到厦门大学任教，当晚也借住在这里。刘楚青与鲁迅虽文理科不同，但毕竟是同事。但有如鲁迅所说的矛盾，1926年10月23日写给恋人许广平的信中，鲁迅也讲明："理科诸公之攻击国学院，这几天也已经开始了，因国学院房屋未造，借用生物学院屋，所以他们的第一着是讨还房子。此事和我辈毫不相关。"（《两地书·六〇》）不久，鲁迅应中山大学聘请赴广州而辞职，有人以为是刘楚青的排挤所致，掀起"驱逐刘树杞"风潮。鲁迅在《华盖集续编·海上通信》一文也说过此事："我辞职时，是说自己生病"，"不料一部分的青年不相信"，"不知怎地终于发生了改良学校运动，首先提出的是要求校长罢免大学秘书刘树杞博士"。此风波是文理之争引起的，鲁迅与刘树杞也谈不上个人恩怨，也许之间有过误解。鲁迅决意离开厦大后，厦门大学校长林文庆、教务主任刘楚青多次挽留，据《鲁迅日记》载述：1927年1月3日"晚刘楚青来挽留并致聘书"。翌日"上午林文庆来。刘楚青来"。而鲁迅去意已决，1月15日也有礼有节地给校长写了辞别信：

文庆先生足下：

前蒙惠书，并嘱刘楚青先生辱临挽留，闻命惭荷，如何可言。而屡叨盛饯，尤感雅意，然自知薄劣，无君子风，本分不安，速去为是。幸今者征轮在望，顷即成行。肃此告辞，临颖悚息。聘书两通并还。

周树人　启　一月十五日

鲁迅离厦大后不久，刘楚青亦离开了厦大。1928年，他出任湖北省教育厅厅长，同时兼任武汉大学筹委会主委、代理校长。刘楚青竭尽心力，与李四光勘定珞珈山新校址，筹建新校舍，积极搞好武大的硬件建设，同时努力延聘各科学者专家来校执教，将武昌第二中山大学改建为我国一流的名牌大学。1930年后，刘楚青又先后出任中央大学教授、北京大学理学院院长，口碑均不错。他长期担任高校教育行政管理工作，也在制革和电化工程等化学教学和研究方面卓有成就，有《刘楚青博士专门论著汇刊》面世。1935年，年仅45岁的刘楚青因长期忘我地工作，操劳过度而英年早逝。北京大学、武汉大学和厦门大学等他工作过的名校在北京香山为他举行过隆重的公葬。

军阀刘镇华

在清末和民国时期，刘镇华依附各大军阀，先后投靠袁世凯、吴佩孚、阎锡山，最后归附蒋介石，得以当统领、阜威将军、省长、督军。

刘镇华（1883—1956.11.18），2005版《鲁迅全集》其卒年注释有误。原名茂业，字雪亚，河南巩县河洛镇（今属巩义市）人。他生于一个小商家庭，幼时家道中落，由其父教授四书五经，考取秀才。后入保定北洋优级师范学堂、保定法政专门学堂读书。毕业后一度在开封中州公学担任教职。1908年，刘镇华拥护孙中山的政治主张，加入中国同盟会，在豫西一带从事反清革命活动。1911年武昌起义前夕，他成功地动员嵩山王天纵的"刀客"武装参加反清斗争，这支武装是他发迹的资本。民

国成立后，因豫西一带匪患严重，社会动荡不安，河南都督令王天纵部分驻豫西22个县，协助当地保境安民。因此地区近嵩山，这支武装俗称"镇嵩军"。未几，袁世凯调王天纵至京另有任用，任命刘镇华为镇嵩军协统兼豫西观察使、豫西剿匪总司令。刘镇华掌控了镇嵩军，又有豫西这块地盘，开始了他的军阀生涯，也就是不光彩的人生。1913年"二次革命"爆发时，黄兴先写信，后派人动员他和其地河南军政负责大员反袁，刘镇华反而将黄兴信使秘密处死，将黄兴写给其他河南主政者信密告袁世凯，从而获得袁氏的信任。是年，河南白朗领导大规模的农民起义，刘镇华卖力地参与镇压，甚至将战死埋葬的白朗头颅砍下来，并笔下生花，捏造"击毙白朗的经过"，向袁世凯"报捷"邀功。袁氏当即赏银十万元，授予他陆军中将衔，袁对刘更加信赖，刘对袁越发效忠。袁世凯死后，各系军阀纷争不断，而刘镇华耍弄权术，行贿、告密、施展两面手法、结拜兄弟等，无所不用其极，不断收编政敌武装，势力越来越大，先是被北洋政府任命为陕西省省长，后又当上了陕西督军，还授他为将军府阜威将军。但是，刘镇华勒民种烟、横征暴敛、纵兵殃民等，使陕西人民苦不堪言，发起了持续不断、声势浩大的驱刘运动。1925年，刘镇华野心膨胀，在与国民军对抗中遭败绩，只得率残部逃往山西投靠阎锡山，结束了他在陕西长达八年的统治。后来，他又投靠蒋介石，当上了安徽省省长。1949年，刘镇华与当过河南省长的弟弟刘茂恩去了台湾。1956年11月18日，刘镇华病故在台北家中。

刘镇华在陕西主政时，为了改善声名狼藉的尴尬处境，1923年用征收烟卷特别税创办了现在著名的西北大学。1924年7月，为提高这所新办大学的知名度，该校校长傅铜与陕西省教育厅商定举办"暑期学校"，邀请名流学者讲学。据载，是年6月28日西北大学在京的办事人员在先农坛近旁宴请鲁迅等暑期到西北大学讲学，鲁迅慷慨赴约，并痛快地允诺讲学。7月7日晚陕西省驻京代表在北京西车站食堂饯行，饭后即登车往西安，一路上对鲁迅一行照顾十分周到。到西安后，鲁迅一行受到很体面、殷勤的款待，到易俗社观看了《双锦衣》《大老传》《人月圆》等5场演出。20日上午举行了隆重的"夏期学校开幕式"，除所请讲师外，有省长代表郭涵、督军代表范滋泽、校长傅铜及军政界要人并西北大学教职员约200人出席。开幕式前还合影留念。鲁迅于2日至29日，讲《中国小说的历史的变迁》共11次，时长约12小时。24日晚，鲁迅等"赴省长公署饮"，8月3日，"晚刘省长在易俗社设宴演剧饯行，至夜又送来《颜勤礼碑》十分，《李二曲集》一部，杞果、蒲陶、蒺藜、花生各二合"，这天鲁迅又"收暑期学校薪水并川资泉二百"。

一个军阀能多次宴请鲁迅，送礼和讲课酬金十分丰厚，各方面照顾相当周到，给人留有刘镇华似"礼贤下士"的印象，他如此善待鲁迅他们是出于敬畏，还是为了体现他对学者的尊重、对教育的重视，我们也不必进一步探讨，他毕竟也做了这件好事。

当过人称"最聪明"的军阀
李福林幕僚的江霞公

现在的书籍往往"激烈"，古人的书籍也不免有违碍之处。那么，为中国"保存国粹"者，怎么办呢？我还不大明白。仅知道澳门是正在"征诗"，共收卷七千八百五十六本，经"江霞公太史（孔殷）评阅"，取录二百名。第一名的诗是：

南中多乐日高会。。。良时厚意愿得常。。。
陵松万章发文彩。。。百年贵寿齐辉光。。。

这是1927年9月11日鲁迅在广州所写的一篇杂文《谈"激烈"》中谈及"江霞公太史（孔殷）评阅"澳门"征诗"的一席话。

该文发表在1927年10月8日《语丝》周刊第152期，后编入《而已集》。江霞公是怎样的一个人呢？

江霞公（1864—1952），名孔殷，字少泉，又字韶选，霞公则是他的号，广东南海县张槎塱边乡（今属佛山市禅城区）人。据说，他少年就读万木草堂，师从康有为，系光绪十九年（1893）癸巳举人。光绪二十一年（1895），江霞公参与公车上书。在广东，其文才已与钟荣光、刘学询、蔡乃煌齐名，并称广东文坛"四大金刚"。光绪三十年（1904）中进士，选翰林，散官外放任广东道台，兼任两广清乡督办，仕途可谓坦荡，但他对孙中山领导的辛亥革命也有同情心。辛亥广州起义失败，死难者众，江霞公生恻隐之心，冒着风险，以善堂名义，协助潘达微（1881—1929）收殓72位烈士遗骸。民国前期，绿林出身的广东军阀李福林曾任国民革命军第五军军长兼广州市市长，他只读过一年私塾，聘用江霞公等高级文化人为幕僚，听取"保境安民"等建议，从而获得包括孙中山在内的许多国民党元老的好感和重用，民间也有人称他为"最聪明的军阀"。江霞公在广州、香港和澳门等地搞一些文化活动，李福林附庸风雅，也予以支持。鲁迅谈及的澳门"征诗"活动，江霞公负责"评阅"，就是其中一次。江霞公退出政坛后，创办过江兰斋农场和蜂场，培育出萝岗甜橙、黑叶荔枝和黄金蜂等良种，为养殖业作出过贡献。也有人称他为美食家，太史蛇羹、太史鸡、太史豆腐等家乡名菜是江霞公首创的。不过，江霞公突出的社会贡献还是在文化方面，如书法艺术上以行草见长，飘逸秀雅，称他为书法家并不过誉。如今，在广州、珠海、佛山和香港等地的一些书室、宗祠、门楼、学校（家塾）仍有江霞公题写、撰写的各种手迹。

日本汉方医学界的一代宗师汤本求真

中日两国一衣带水，据传，早在公元5世纪，中医学经朝鲜半岛传入日本了。严格地说，中医学并不等同于汉方医学。日本人善于学习，千百年来，在吸收中医学的过程中，他们缘于其他外来文化特别是西方文化的冲击、不同时代背景的制约和对中医学价值的认识，经历了关注、学习、仿效、折中、独立、创新、摒弃、复兴等漫长、反复的观念改换，有许多与中国类似的现象。日本人在不断学习时，还善于消化，他们根据日本四岛的自然地理环境、风俗民情、人民体质等实际加以改良、创新，形成汉方医学。近现代日本汉方医学界的代表人物和一代宗师必是汤本求真无疑。

汤本求真（1876.3.21—1941.10.22），日本石川县人，日本

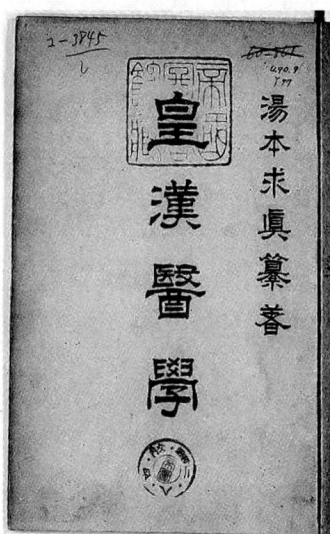

名医、汉方医学家。1901年，汤本求真以名列榜首的优异成绩毕业于金泽医学专门学校，回乡后开设诊所，开始了他的医学、医师生涯。不久，他的人生道路遇到一个刻骨铭心的打击。1906年，石川一带痢疾蔓延，汤本求真日夜忙于巡诊，仍有许多乡亲被病魔夺去了生命。一天，他回到家里，看到年仅4岁的爱女在妻子怀里痛苦地呻吟，妻子束手无策，作为医生的汤本求真也回天无力，眼睁睁地看着爱女倒在慈母怀里。接着，祖母、祖父也染上此病相继辞世。亲人和大批乡亲死于时疫使汤本求真对明治政府的西医一边倒政策产生疑虑，这也成了他转而探求汉医的契机。于是，他拜著名汉医和田启十郎为师，潜心钻研，发愤复兴汉医。1910年，汤本求真在神户创办了以汉医为主、西医为辅的诊所，治愈了许多仅靠西医无法医治的病人，他将这些病例报告给和田，吸收到其《医界之铁椎》（修订本）一书，同时，他也撰写出版了《临床应用汉方医学解说》单行本。1919年，为扩大皇汉医学的影响，汤本求真在首都东京闹市区开设倡导中西医结合的联合诊所。自1868年明治维新以后，日本走上了全盘西化之路，汉方医学事实上遭到摒弃，汉方医学界不断抗争，收效甚微。1910年，和

102

田启十郎出版了《医界之铁椎》一书，摆事实，讲道理，指正西医的不足之处，也肯定汉方医学的优势和长处，总算给汉方医学带来了一线生机。受恩师此举之启发，汤本求真于1927年撰著出版了《皇汉医学》，1928年又先后出版了该书的第二卷、第三卷。汤本求真汲取中日上百部前人医书之论说治验，又根据17年亲身经验的事实为基础，从西医出身的汉医观点系统地阐述了汉医的治疗效用和独到之处。全书以我国医圣张仲景所著的经典医著《伤寒论》《金匮要略》为主，首先是综合性的注释，并将两书的中心思想阴阳、虚实、表里逐一科学分析，然后分述中医治疗法则，又述及脉学、腹诊等中医诊断学，使读者对中医理论有所了解。该书后半部分以方剂为主，分述各方的主治症候、药效，还列举治验病例为"旁证"，必要时以按语形式剖析其原因。该书的问世，使汉医在日本得以重振雄风。1930年9月，上海中华书局出版了周子叙的《皇汉医学》中译本。要知道，1929年2月，中国的所谓国民政府刚通过废止中医案的错误决定，《皇汉医学》的出版，很快使国内外各界人士掀起捍卫中医的运动，迫使国民政府于1936年1月出台《中医条例》，中医药地位在法律条文上终于获得保障。显然，汤本求真及其《皇汉医学》功不可没。

　　1929年7月17日上海《新闻报》登载了中华书局"《皇汉医学》(中译本)出版预告"，鲁迅阅后于28日专门撰写了《"皇汉医学"》一文，首先引用了中华书局出版《皇汉医学》的一大段广告词，谈了自己的看法，并颇有讽刺意味：

我们"皇汉"人实在有些怪脾气的：外国人论及我们缺点的不欲闻，说好处就相信，讲科学者不大提，有几个说神见鬼的便绍介。这也正是同例，金泽医学专门学校卒业者何止数千人，做西洋医学的也有十几位了，然而我们偏偏刮目于可入《无双谱》的汤本先生的《皇汉医学》。

恰逢其时，忘年交李秉中从日本寄赠了冈千仞所著的《观光纪游》，鲁迅很快从第三卷《苏杭日记》里看到了冈千仞的有关记载和议论，他更是大段摘引《日记》原文，并找到与冈千仞的共同语言，因此，鲁迅用肯定的语气写道："冈氏距明治维新后不久，还有改革的英气，所以他的日记里常有好意的苦言。"

汤本求真年长鲁迅14岁，又比鲁迅晚死5年，差不多是同时代的人。青年时代，汤本求真就读金泽医专，鲁迅求学于仙台医专，均习西医，汤本求真是学西医出身，成为汉方医学界的一代宗师，而鲁迅习医两年就弃医从文，成为中国现代文学巨匠。在鲁迅包括这篇《"皇汉医学"》在内的一些文字和谈吐中可以发现，直到晚年，他仍对父亲为庸医所误的悲剧念念不忘，甚至影响了他对中医药的认识。确实，少年时代的这一致命打击实在太重了。

明代著名藏书家祁承爜

鲁迅在《古籍序跋集·〈嵇康集〉著录考》中说:"祁承爜《澹生堂书目》:《嵇中散集》三册。(十卷,嵇康。)《嵇中散集略》一册。(一卷。)"祁承爜、祁彪佳、祁理孙祖孙三代(人称"浙东三祁")和整个祁氏家族不论在政治、军事方面抗清、反清、坚持民族气节,还是在戏曲、书画、藏书等文化艺术方面有突出的贡献,均载入史册,为鲁迅和后人所敬仰、缅怀。而在《〈嵇康集〉著录考》一文中固然反映出他被中散大夫所深深地吸引,但主要还是做其著录考证工作。

祁承爜（1565①—1628），字尔光，又字越凡，号夷度，又号旷翁，晚号密园老人、山阴密士，浙江山阴梅墅（今属绍兴市柯桥区柯岩街道）人。明代著名的藏书家、图书馆学家、目录学家。系万历三十二年（1604）进士，历任山东、江苏、安徽、河南等地地方官，官至江西右参政（从三品）。乐于汲古，藏书极富，聚书10万余卷，以"澹生堂"名于世。著有《澹生堂集》《两浙著作考》《牧津集》等书43种239卷，编纂《澹生堂明人集部目录》，铨辑《国朝征信丛录》。其著作在清初被视为禁书，流传甚少。《澹生堂书目》十四卷，为祁氏藏书目。

祁彪佳（1603.1.2—1645.7.28），字虎子，又字幼文、弘吉，号世培，别号远山堂主人、寓山居士，浙江山阴梅墅（今属绍兴市柯桥区柯岩街道）人。祁承爜之第四子。明末政治家、散文家、戏曲家和藏书家。祁彪佳少年早发，其聪慧闻名乡里。7岁时，父亲在苏州为官，其同僚把他抱上桂花树，并出了"猢狲上树"的上联，要祁彪佳即兴对下联，方能抱他下来，他立刻对曰"飞龙在天"，答得非常工整，又大气磅礴，人人称奇。明天启二年（1622）中进士，次年任福建兴化府推官。崇祯四年（1631）为福建道御史，屡次上疏，陈民间疾苦及朝廷赏罚之要。六年，巡按苏、松诸府，察访民隐，为豪右所记恨。八年，祁彪佳辞官还乡，在梅墅筑寓山别业，寄情山水，九年间写下散文集《寓山注》和

---

① 一说1563年。

《越中园亭记》《远山堂曲品》《远山堂剧品》《救荒全书》《祁忠敏公日记》《祁彪佳集》等。十五年，他应召赴京主持考察官吏大计。十七年，北都亡，福王立于南京，擢右佥都御史、苏松总督巡抚江南。祁彪佳富有民族气节，清军破杭州即绝食，闰六月初四清贝勒聘书到，他即于梅墅寓山园水池自沉殉国，留下绝笔："图功为其难，殉节为其易。我为其易者，聊尽洁身志……含笑入九原，浩气留天地。"年仅四十有四，明朝追赠他为少保，谥忠敏。

祁理孙（1625—1675①），字奕庆，号杏庵，法名智畺，浙江山阴梅墅（今属绍兴市柯桥区柯岩街道）人。祁彪佳之子。他16岁得乡试第一，任中书科中书舍人（未上任）。受其父祁彪佳誓不仕清而自沉殉节的极大影响，以读书绘画事母，诵经念佛，终其一生。遗憾的是，祁理孙晚年佞佛，祖传藏书"视同土苴"，其弟祁班孙与他相继去世后，澹生堂藏书开始流散社会。20世纪50年代初，祁氏后裔曾将澹生堂幸存的20来箱书贡献给国家，省文管会将它们移交省博物馆等有关单位，又拨款300万奖励绍兴县，作为修缮祁彪佳殉节处和祁墓之用。祁承㸁、祁彪佳、祁理孙祖孙三代（其实何止三代，是祁氏家族）惨淡经营，造就了澹生堂藏书楼，祁氏对于图书采访、抄录、分类、编目等方面的实践探索和理论建树在中国图书馆历史上定位很高，于今仍熠熠生辉。

---

① 一说1627年（明天启七年）—1687年（清康熙廿六年）。

"短跑女皇"孙桂云

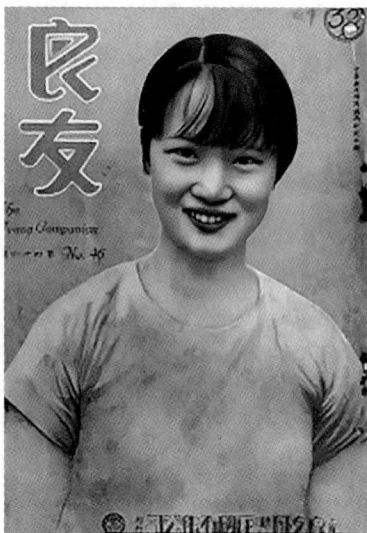

孙桂云（1913—20世纪60年代），山东胶县人，长于哈尔滨，自幼爱好体育运动，特别是田径项目。她在就读东省特别区①女子一中时，获得我国最早的优秀体育女教师、人称"小脚教练"的黄树芳老师的悉心指导，使有田径天赋的孙桂云在田径项目上大有长进。1929年在沈阳举行的第十四届华北运动会上，孙桂云崭露头角，获个人总分女子第一名，具体地说，她获100米、200米短跑及垒球掷远冠军、跳远第二名；她参加的哈尔滨队获200米接力赛冠军。同年，在张学良发

---

① 东省特别区：指中东铁路沿线地区，包括哈尔滨、长春、海拉尔、满洲里、绥芬河等市，当时是独立于黑龙江、吉林两省之外的特别行政区。

起的中、日、德三国田径对抗赛中，孙桂云也获得60米、100米两项短跑第三名的好成绩。在1930年杭州举行的第四届全运会上，孙桂云又获50米（7秒4）、100米（13秒8）的短跑冠军，她参加的东省特别区队和广东队并列200米接力赛第一名。孙桂云再次获得个人总分女子第一名。经上海《时报》等媒体大量又别出心裁的报道，孙桂云名声大振，她的照片也登上了《良友》画报的封面。

1931年在济南举行的第十五届华北运动会上，孙桂云大显其田径运动的实力，再获100米短跑、200米短跑和200米接力赛冠军。是年"九一八"事变后，孙桂云离开哈尔滨到上海，先后在大夏大学、沪江大学读书。1949年后，孙桂云移居香港，同夫君胡震夏（伯威）一起在银行业任职。一代体坛名将于20世纪60年代在港病逝。万恶的日本帝国主义发动全面侵华战争，使我国体育的这一短暂辉煌时代戛然而止，孙桂云等体育健儿的最终归宿亦令人扼腕唏嘘，但国人会记得孙桂云、杨秀琼、钱行素、李森等一批优秀运动员的风采和贡献。

在日本举行的第九届远东运动会上，由于环境、饮食、赛程安排等多方面因素，包括孙桂云在内的中国选手的比赛成绩让看好的国人有点失望，男女选手都如此，最有希望的撑竿跳高名将符保卢（后来参加抗战，在空战中英勇牺牲）居然也失手。对此鲁迅在《且介亭杂文二集·徐懋庸作〈打杂集〉序》一文中开头就议论："我觉得中国有时是极爱平等的国度。有什么稍稍显得特出，就有人拿了长刀来削平它。以人而论，孙桂云是赛跑的好手，一过上海，不知怎的就萎靡不振，待到到得日本，不能跑了。"事实是，孙桂云是没有正常发挥，但趾高气扬的日本观众看了孙的比赛，亦一时目瞪口呆。

社会活动家、女词人孙祥偈

孙祥偈（1903—1965），字荪荃，湖北武昌人。1925年北京女子师范大学哲学系毕业后，在社会各界十分活跃。她是李大钊的学生，积极地为女权奔走。历任北平《朝报》、《新晨报》副刊编辑主任、主编。1929年，孙祥偈在李大钊任教过的北平女一中（现为北京161中学）当校长，她说，创办女一中的目的就是争女权，同时，公开宣传李大钊的生平事迹，印制李大钊遗著《唯物史观》，选为高中教材。"九一八"事变爆发后，孙祥偈积极参与筹建北平市女界抗日救国会，该救国会在女一中成立，她被推选为主席。因常发动

北平商家和市民开展抵制日货的活动等，引起当局的不满，1931年就被当局撤掉校长职务。1929年5月28日，孙祥偈与其男友台静农一起拜访鲁迅，遗憾的是，鲁迅北上北平探亲时他正好外出"未遇"。5月17日鲁迅写给许广平的信中也谈及"台静农在和孙祥偈谈恋爱，日日替她翻电报号码（因为她是新闻通讯员），忙不可当"。其实孙祥偈还在当《新晨报》副刊主编，作为孙氏的男友帮她查阅电话号码也是密切这对青年男女关系的好方法。不过这对情人最终还是分了手。此后，孙祥偈与张申府也有一段恋爱史。1935年冬，张申府、刘清扬、姚克广（姚依林）、孙祥偈等发动和领导了北平"一二·九"运动，由于孙祥偈和张申府关系较为密切，外界一度传言他俩是"志趣相投的革命伴侣"。尽管孙祥偈多次失恋，但一直保持着革命激情，支持党的工作。1937年抗日战争全面爆发后，民主革命家谭平山从海外回国，参加抗战。两人有幸相识、相恋，最终有缘结成夫妻。

对孙祥偈来说，她的诗词才华是颇有名气的，有《苏荃的诗集》《苏荃词》等存世。国学大师吴宓为《苏荃词》题词，表示"深钦佩"之。另一大家在《苏荃词·序》中称赞她的词，"寄托遥深，婉而多讽，乐而不淫，哀而不伤，怨而不怒，柔而不犯，商而不危，艳而能雅"。连伟人毛泽东也对孙祥偈及其诗词高度赞赏：1945年重庆谈判期间，应柳亚子之请，毛泽东发表了《沁园春·雪》，竟遭到国民党中宣部及其御用文人的围攻，柳亚子、郭沫若、聂绀弩、孙祥偈等国统区的进步知识分子或唱和或撰文，纷纷奋起回击。她的和词《沁园春》如下：

沁 园 春

孙荪荃

三楚兴师，北进长征，救国旗飘。指扶桑日落，寇降累累；神州陆起，独挽滔滔。扫尽倭氛，归还汉土，保障和平武力高。千秋事，看江山重整，景物妖娆。

文坛革命词娇，有锄恶生花笔若腰。谱心声万里，直通群众；凯歌一阕，上薄风骚。谁是吾仇，惟其民贼，取彼凶顽射作雕。同怀抱，把乾坤洗涤，解放今朝。

此词得到了毛泽东的好评，他在1946年1月28日致柳亚子的信中，谈了感受："先生的和词及孙女士（指孙荪荃——笔者）的和词，均拜受了；'心上温馨生感受，归来絮语告山妻'，我也要这样说了。总之是感谢你，相期为国努力。"

哲学家、诗人杜力

　　1927年11月15日《鲁迅日记》载述："晚得小峰信，附杜力信，又泉百，书二种，即复。"翌年1月12日《鲁迅日记》又载"午后得杜力信"。据杜氏生前记述，他在上海北新书局与鲁迅见过面，也登门拜访过鲁迅，还是许广平开门把他迎进家去的。

　　在往昔鲁迅作品中，关于杜力的注释均为"未详"。杜任之（1905—1988），原名勤职，后改名任之，笔名了然、仁一、上然、力戈、力夫等，"杜力"当然是他最有名的笔名。山西万荣七庄村人。哲学家、诗人。因为其父主要在山西曲沃经商，故杜任之在曲沃读完小学。毕业后考上太原省立第一中学。1924年考入北京师范大学预科，不过，1926

年又考入上海复旦大学。翌年发生四一二政变后，一度投奔武汉。蒋、汪合流后又折返上海，到上海劳动大学就读。同年10月25日，鲁迅应校长易培基之邀到该校作了题为《关于知识阶级》的讲演（《集外集拾遗补编》）；11月，他又应邀为该校开设"文学讲座"，杜氏均前往听讲，于是乎成了鲁迅的学生。他爱好文艺，常写诗歌讴歌革命暴动（如《血与火》《战壕呓语》等）和十月革命（如《我渴望着北极的赤光》等），也因此作为"罪证"，把他当作"准共产党"开除出校。鲁迅于1927年11月15日和次年1月12日收到他的两次来信。面见鲁迅也好，给鲁迅写信也好，反映校方迫害是重要内容之一。他反而在这个时候加入中国共产党，在上海从事地下工作。不久，杜任之往德国留学，写了长篇《赴德旅途散记》，在《山西日报》连载。据说，他在德留学期间曾加入德国共产党和世界反帝同盟，还参加反战游行等活动。后杜任之又转赴英国。1933年回国后，杜任之接受委派到山西一度担任阎锡山绥靖公署秘书之类职务，为组建牺盟会做了许多工作，而主要是在山西、北京等大学任教，利用文艺方式继续为革命工作。如1935年复，杜任之创办了艺术通讯社，又与宋之的等友人创办了"西北剧社"，还跟力群等人创办了综合的文艺刊物《文学舞会》。他利用这些阵地发表大量文章、诗歌（如《把一切不平，在地上打碎！》《由垦荒到牧场》等）和剧本（如《谁害的？》《谁抛弃了婴儿》等），甚至出版了题为《生活动力 —— 青年生活哲学》的图书。为推动国统区的民主运动，杜任之利用担任山西大学教授、法学院院长的合法身份组建了民主同盟山西省支部和山西大学教授会等。

　　新中国成立后，杜任之历任山西省人民政府委员、山西大学财经学院院长、中国科学院哲学研究所研究员等职。他又是第五、六届全国政协委员。杜任之勤奋著述，其主要论著有：《孔子思想精华体系》《现代西方哲学的基本特点》《论主观能动性》《关于现代西方哲学研究和批判方法论问题》《全面开展社会学研究，为社会主义服务》等。他还主编了《现代西方著名哲学家述评》（两卷），还编译了《分析的时代》。

为革命献身的《苏联闻见录》著者李文益

李文益（1902—1949.6.30），原名李平、李镜东，笔名林克多，《鲁迅日记》又作"平君"，浙江黄岩柔极乡（今屿头乡）石狮坦村人。1917年，李文益考入临海浙江省立第六中学。弱冠之年，正逢中国革命思潮兴起之时，特别是"五四"运动爆发，反帝反封建浪潮席卷全国，他是积极参与者。中学毕业后，李文益加入林炯等组建的进步社团"乙丑读书社"，学习、宣传马列主义。1926年，他加入中国共产党，经中共宁海县负责人蒋如琼介绍，亦到宁海中学任教。翌年，李文益在中共宁海组织中负责宣传工作，参与领导亭旁起义，故国民党发动"四一二"反革命政变后，他即遭逮捕，在被押解宁波途中，伺机逃脱到上海。后经党组织荐介，

李文益被派往苏联，先后在莫斯科中山大学和东方大学军政特别班学习，使他得以有机会到苏联许多地方参观、考察，对世界上第一个社会主义国家留下深刻印象。1931年，李文益回国后，看到国民党统治下的中国关于苏联的报道不仅数量少，而且多是负面的，以为自己留苏五年最有发言权，应该把苏联的真实情况介绍给国内同胞。于是，他夜以继日地写作，终于将他在苏联的"三亲"史料写成《苏联闻见录》一书，通过与鲁迅有交情的同乡王育和请鲁迅为之校阅并作序。1932年4月7日《鲁迅日记》亦有载："晚得王育和信并平君文稿一包，夜复。"李文益、鲁迅他们都很注意方式方法、斗争策略。李文益采用"林克多"的笔名，标明自己是"为了吃饭问题，不得不去做工"的五金工人这一作者身份。除了这是托词和此书第一节"我为什么到苏联"所叙作者经历系虚构外，其他章节均为真实的记录。鲁迅是很忙碌的，他从16日拨冗"始为作者校阅《苏联闻见录》"，至22日"下午阅《苏联闻见录》毕"，并在20日"夜作《闻见录》序"。鲁迅所写的这篇《序》遣词用字很朴实，让国民党的那些书刊的检查老爷无法找到封杀的口实。在《南腔北调集·林克多〈苏联闻见录〉序》中，鲁迅将该书与胡愈之的《莫斯科印象记》相提并论，认为："作者仿佛对朋友谈天似的，不用美丽的字眼，不用巧妙的做法，平铺直叙，说了下去，作者是平常的人，文章是平常的文章，所见所闻的苏联，是平平常常的地方，那人民，是平平常常的人物，所设施的正是合于人情，生活也不过像了人样，并没有什么希奇古怪。"但人们能看到"一个簇新的，真正空前的社会制度从地狱底里涌现而出，几万万的群众自己做了支配自己命运的人"。他又说：因为"作者的到苏联，已在十月革命后十年，所以只将他们之'能坚苦，耐劳，勇敢与牺牲'告诉我们，而怎样苦斗，才能得到现在的结果，那些故事，却讲得很少。……不能责成作者全部负担起来"。在鲁迅的支持下，《苏联闻见录》于1932年11月由上海光华书局出版。鲁迅在翌年2月22日《日记》中有"得林克多信"的记载，大概是林克多向鲁迅表示谢意吧。除了《苏联闻见录》外，李文益又写了《高尔基生活》等书。1936年1月上海文化生活出版社出版了鲁迅《故事新编》，李文益购读后以"李平"署名发表了《文坛上的眉间尺和黑色人》一文，这是他精读《铸剑》后所写的杂文，完全站在鲁迅和左翼作家一边，推崇鲁迅及其作品的同时，把矛头直指文坛和社会上的邪恶势力。

抗日战争全面爆发后，李文益及其夫人都积极参加抗日救亡活动。后来到重庆烟草专卖局当办事员，到八路军驻渝办事处任翻译，一度去昆明和缅甸仰光工作。他不论在何地，哪怕多次被捕，在敌人的狱中，都一心向党，为党工作。抗战胜利后，李文益回到故乡从事革命活动：组织农会和农民自卫队，开展抗丁、抗捐和抗税斗争，进行反霸清匪、土地革命……1949年6月30日凌晨，李文益在老家石狮坦村工作时，突遭100多名匪徒袭击，寡不敌众，在突围时不幸牺牲。1950年被浙江省人民政府追认为革命烈士。

留有政声的晚清高官吴大澂

鲁迅在《中国小说史略·第二十八篇　清末之谴责小说》中谈到《老残游记》作者刘鹗时提及吴大澂："光绪十四年河决郑州，鹗以同知投效于吴大澂，治河有功，声誉大起，渐至以知府用。"

吴大澂（1835—1902），字止敬，号清卿，晚号愙斋，江苏吴县（今属苏州市）人。晚清封疆大吏、书画家。系清同治戊辰（1868）翰林，累迁广东巡抚、湖南巡抚。光绪十一年（1885），奏请用新法测绘黄河图，治河成功后，实授河道总督，赏头品顶戴。次年，任首席代表在珲春同沙俄进行勘界谈判。他据理力争，收回被沙俄非法霸占的黑顶子百余里领土，得以重立界碑，又争回中国船只在图们江口的航行权，其爱国精神与战略眼光令后人称颂。吴大澂一生出仕，又爱好文学艺术，精于篆书，善绘山水、花卉。著有《愙斋诗文集》《愙斋集古录》《说文古籀补》《字说》《古玉图考》《吉林勘界记》《恒轩所见所藏吉金录》《十六金符斋印存》等。

"翼城才女"吴曙天

章衣萍和吴曙天的合影

吴曙天（1903—1942），名冕藻，山西翼城人。散文家，章衣萍之妻。吴曙天虽出身望族之家，但亦有包办婚姻之逼迫，为此，她逃离山西，有幸与章衣萍相识相恋。据《鲁迅日记》记载，吴曙天共有55次与鲁迅往还，看望鲁迅48次，其中11次是她单独叩访鲁迅的。吴曙天给鲁迅写过3封信，鲁迅也给她复信2封。吴曙天代章衣萍赠鲁迅《樱花集》《种植集》等著作，鲁迅也将他所编的《近代木刻选集》（2）、《西游记》赠她。章衣萍、吴曙天一度与鲁迅关系密切，夫妻俩与鲁迅等曾一起参加饮宴7次，其中鲁迅做东就有3次。他俩经济拮据，鲁迅曾借给50元，懂人情世故的吴曙天还钱，还赠鲁迅柑子、麦酒等。吴曙天1924年9月28日与章衣萍随孙伏园第一次叩访鲁迅。她与鲁迅、钱玄同、孙伏园、章衣萍等16人系《语丝》撰稿人,亦有幸成为《语丝》周刊和语丝社的发起人。吴曙天曾将访问鲁迅的情况写成《断片的回忆——访鲁迅先生》,陆续在1925年1月《京报副刊》连载。吴曙天、章衣萍夫妇与鲁迅往还主要在1924年9月至1926年1月同在北京的时期和1927年10月至1930年1月同在上海的时期。继《断片的回忆》之后,吴曙天又将与鲁迅的交往情况写入《恋爱日记三种》一书。1930年1月31日后,由于不满鲁迅对章氏创作倾向的批评和吴氏患病、离沪入川等,吴曙天、章衣萍夫妇遂中止了与鲁迅彼此间的往来。1942年,吴曙天因患腹胀病去世,享年39岁。对于她的英年早逝,柳亚子在《吴曙天女士挽诗》中有"天壤王郎金换墨,离魂倩女骨为薪"之叹。

吴曙天在家乡有"翼城才女"之美誉。她从小爱好文学和写作,留给后人的著作有《断片的回忆——访鲁迅先生》《恋爱日记三种》等。1932年她亦编选过《论翻译》一书(林语堂作序)。

"近代蒲松龄"邹弢

关于小说家邹弢及其著作，鲁迅在《中国小说史略》中有两处谈及他或引用他的著作，而在《鲁迅全集》第九卷《中国小说史略》的第226页有关邹弢的注释和《鲁迅大辞典》第548页的"邹弢"条目，均有值得补正的地方。

邹弢（1850—1931），字翰飞，号玉愁生，又号瘦鹤词人、潇湘馆侍者、司徒旧尉，晚号酒丐、守死楼主等，金匮（今江苏无锡）大墙门村人。近代小说家、红学家。幼年客居姑苏，几及十年，与俞达（吟香）为患难交。居沪上亦久，26岁中秀才后屡试不第，遂赴上海谋生，在《益闻录》等报任编辑，还当过《苏报》主编。邹弢不仅"以词章名江左"，而且因在沪上报纸连载仿《聊斋志异》创作的《申江花史》《蛛隐琐言》《瀛寰琐记》等小说而蜚声海内。也有人说邹弢曾赴陕西、山东、湖南、北京等地任幕府记室。晚年则在上海启明女学执教17年之久。著有《断肠碑》(又名《海上尘天影》)六十回、《三借庐丛稿》及《三借庐笔谈》十二卷、《浇愁集》八卷、《诗学速成指南》二卷等行世。邹弢的小说创作颇有生活基础。据说他14岁已痴迷于《红楼梦》，1892年前后，邹弢在上海与天津名妓汪瑗(艺名"苏韵兰")相识相恋，喷发出爱情的火花，结果美梦破碎幻灭，心情非常懊丧、悲惨，他就效仿《红楼梦》的手法创作了《断肠碑》。许多读者阅后为悲情扼腕，其实，邹弢的遭遇实情尤甚于斯。正因为邹弢有这番亲身经历，客观上有利于他在红学研究方面有收获。他的好友俞达写就出版仿红学小说《青楼梦》后，邹弢取得较为权威的话语权。有人研究统计，邹弢对《青楼梦》的各种评语和批语达2803条，居然有100多条批语(评语)与甲戌本《红楼梦》上的脂砚斋批语(评语)相同或类似，是邹弢做了脂砚斋批语(评语)的文抄公，还是《红楼梦》《青楼梦》的批语(评语)均出于他之手，有待于考证。不论是前者，还是后者，足以说明邹弢先是兴趣使然，最终成为红学家。以上史料多数从王辉、沈其光、张洽、陈从广等先生调查研究所得。

鲁迅将邹弢及其著作写入《中国小说史略》本身就是他对邹氏及其著作在中国小说史、文学史上作用和地位的肯定。鲁迅在《中国小说史略·第二十二篇　清之拟晋唐小说及其支流》中评述"近至金匮邹弢之《浇愁集》八卷（光绪三年序），皆志异，亦俱不脱《聊斋》窠臼"。在同书的《清之狭邪小说》篇，鲁迅在谈到《青楼梦》的作者俞吟香（达）的生平及其著作时则注明引自"邹弢《三借庐笔谈》四"，可见，鲁迅是看过邹弢等的原著，对作者及其作品有所了解，是认真备课为上好"中国小说史略"这一课，也是认真找资料考证研究，才下手著述《中国小说史略》一书的。

书法篆刻家邹梦禅

邹梦禅（1905.11.30—1986），名敬栻，又作敬式，字今适，号梦禅，别署悼堪、大斋、迟翁等，浙江瑞安市人，现代著名书法家、篆刻家。邹梦禅出身书香门第，自幼聪慧过人，其父邹恂系教书先生，梦禅7岁时，就听父亲讲授《说文解字》并受父命学习书法，以隋《龙藏寺碑》为主，规定日练五百字以上。一年后，他又临摹《石鼓》《峄山刻石》《泰山刻石》等书法帖。12岁开始，兼临汉隶，每日练字至少一千。邹梦禅学习书法乃是传统的循序渐进之路，从而奠定了坚实的基础。20世纪20年代初，新文化运动方兴未艾，邹梦禅的书法艺术已有一定声誉。此时，他受乡贤、朴学大师孙诒

127

让的影响，开始攻读金石学。1924年瑞安中学毕业后，经人介绍赴杭州，到浙江图书馆抄录书目。这是他的一个好机会。浙江图书馆藏有众多文史典籍，尤其是历代古碑法帖，邹梦禅不论书法治印方面，还是文学造诣方面，均得到莫大的启迪和提高。同时，浙江图书馆又是章太炎、马一浮、张宗祥等各方面的专家、学者云集的地方，邹梦禅有幸得到他们的指导和帮助，获益匪浅。

那时，著名的西泠印社与浙江图书馆为邻，西泠印社创始人丁仁、王提见邹梦禅聪颖好学，其书法篆刻已有相当功底，遂介绍他加入西泠印社。邹梦禅的书法篆刻卓然成家，其作品被行家评价为"自然精到，醇厚高雅"，除了他自身的艰苦努力外，得益众多名家的指导、帮助自然是重要原因。

1929年春，邹梦禅应上海中华书店之聘任《辞海》编辑长达八年，他具体负责古典文学、文字、艺术、图书、典章、文物等方面的编辑，大获好评。值得一书的是，邹梦禅曾兼任过中华书局举办的全国第一家书法函授学校的教学工作，自编书法讲义和碑帖，传授一千余学员，对我国书法事业的普及、发展具有开拓之功。

在中华书局编辑《辞海》期间，邹梦禅有幸结识文学巨匠茅盾，经他介绍，邹梦禅前往上海四川北路的内山书店，向另一文豪鲁迅请教有关《辞海》编辑方面的一些问题，鲁迅就《辞海》使用现代语注意、多收常用字等提出了不少合理化建议（此次两人会见，鲁迅似失记）。1932年12月29日《鲁迅日记》倒有一则记载："午后为梦禅及白频写《教授杂咏》各一首，其一云：'作法不自毙，悠然过四十。何妨赌肥头，抵当辩证法。'其二云：'可怜织女星，化为马郎妇。乌鹊疑不来，迢迢牛奶路。'"这一次，邹梦禅由冯雪峰引荐，拜访鲁迅，并向他求字。

抗战期间，邹梦禅与郑午昌、邓散木、白蕉等书画家发起举办"杯水展览会"，义卖书画所得之款全部支援抗日救亡。

1949年后，邹梦禅在上海光明中学教语文，曾被下放到甘肃山丹县某地劳动，他仍坚持练习书法。1985年，邹梦禅已八十高龄，回瑞安老家甚为高兴，住了20多天，捐赠给故乡60多幅书法作品。2005年版《鲁迅全集》第15卷注他的卒年为1968年，是明显错了。

一生服务于教育事业的鲁迅学生宋文翰

教师是鲁迅的主要职业之一，他的学生自然也多，宋文翰是鲁迅在北京师范大学任教时的学生，见诸《鲁迅日记》有三处记载，而在包括《鲁迅全集》在内的鲁迅作品中有关宋文翰的注释均语焉不详。

宋文翰（1893—1971），字伯韩，浙江金华人。1917年在浙江省立第七师范学校毕业后，曾一度出任金华县立乙种农校校长，后考入北京师范大学国文系，听过鲁迅的课。毕业后在厦门集美学校任国文教员。鲁迅1926年9月初到福建厦门大学工作后，9月19日，几位在厦门工作的鲁迅学生尽地主之谊，邀宴鲁迅，是日《鲁迅日记》载述："戴锡璋、宋文翰来邀至南普陀午餐，庄奎章在寺相俟，同坐又有语堂、兼士、伏园。"鲁迅在厦门大学讲授"中国小说史",但因北新书局出版的合订本样书未到,就从宋文翰那里借来《中国小说史略》上、下册用以印刷讲义。同年12月初《中国小说史略》合订本样书到后,13日鲁迅"寄还宋文翰《小说史略》上下册,并赠以三版合本一册"。28日,鲁迅还收到他21日来信。宋文翰后来回故乡,1940年任金华师范学校教务主任,随校辗转武义、宣平等地,历尽艰辛。抗战胜利后,他仍任金华县立简易师范学校校长,并参与创建私立丽泽中学。

新中国成立后,宋文翰继续从事教育工作,1950年2月,任金华师范学校主任委员(校长)。1956年调杭州师专任教,后调浙江师范学院任中文系主任。据其学生们反映,他讲课形象生动,学生们听得津津有味。平时关爱学生如子弟,有一吴姓学生咳嗽厉害,劝其到校医处诊断,确诊为肺结核,又设法让其放下思想包袱,劝道:"那年我生了肺病,心中也十分害怕,之后听说大蒜能治肺病,于是我熟的也吃,生的也吃,吃了几个月,不咳嗽了,失眠也好了,肺病也去见阎王啦!"那吴姓同学听后照此办理,也治好了肺病。

宋文翰于教学之余,又著书立说,著有《文言虚字》《虚字使用法》《汉语语法表解》《中学语文教材教法》等。其中他参与编写的初高中、普师、简师四套《国文》教科书24册,为20世纪三四十年代各地中学和师范学校所采用的教材。

颇得孙中山信任的张邦翰

1927年2月15日《鲁迅日记》载："夜张邦珍及其兄、姊来。"张邦珍系北京女子师范大学毕业，与许广平同学，很可能鲁迅在北京时已与张邦珍稔熟。2月11日和13日，张邦珍与云南老乡罗蘅已两次拜访鲁迅。15日，她带了兄姊一起拜望鲁迅，笔者以为，张邦珍的哥哥是张邦翰无疑。

张邦翰（1885—1958.10），字西林，云南镇雄坪坝大尖山人。青年时期追随孙中山参加反清革命，后参与创办云南大学，在云南任一官半职，为云南社会活动家、教育家和建筑师。张邦翰自幼聪颖，又勤学好问，胸怀大志，积极向上。18岁考入昆明高等学堂，各方面表现优秀，肄业后即被选送越南巴维学堂深造。1906年4月，他在越南河内加入中国同盟会。根据孙中山指示，张邦翰奔走于南洋各国和香港、澳门等地区，先后主编新加坡《中兴报》、香港《中国报》，借以宣传革命，并与保皇派展开激烈的论战。他参与1907年镇南关起义和1908年河口起义，这些反清起义均告失败后，在河内收容一起参加起义的战友。

经过多年考验，孙中山认定张邦翰是可塑之才，于1909年派他前往比利时布鲁塞尔学习应用科学，希冀他日后能为改变中国落后面貌作出贡献。

辛亥革命后，张邦翰回云南，出任云南军政府外交司司长。任职没几个月，他辞职仍赴比利时继续留学，终于获电气工程师职衔返回云南，历任耀龙电灯厂工程师、电报局局长、航空学校教官、云南大学（时为私立东陆大学）理工教授。张邦翰是一个多面手，主持设计了云南大学的地标建筑——会泽院（1923年建成），还促成了熊庆来从清华大学到云南大学当校长之事，使之后来成为全国名牌大学之一。

1927年蒋介石成立南京政府后，责成张邦翰负责整顿云南党务。1928年1月，他先后任云南省政府委员兼外交部特派交涉员、建设厅厅长、民政厅厅长。抗战期间，又兼任军事委员会运输统制局昆明办事处处长、云南省驿运处处长，抗战胜利后，张邦翰当过云南省党部执行委员、监察委员、代理主任委员，及国民党第六届中央监察委员，还当过立法委员，至1947年解职回滇。1949年，张邦翰由港赴欧，后赴美国长子张家恭处定居，张家恭夫人就是孙中山的孙女孙穗华。

《金瓶梅》的研究专家张竹坡

关于张竹坡，鲁迅在《中国小说史略·第十九篇　明之人情小说（上）》一文中谈到《金瓶梅》时说：该书"作者不知何人，沈德符云是嘉靖间大名士（亦见《野获编》），世因以拟太仓王世贞，或云其门人"，"由此复生谰言，谓世贞造作此书，乃置毒于纸，以杀其仇严世蕃，或云唐顺之者，故清康熙中彭城张竹坡评刻本，遂有《苦孝说》冠其首"。此外，日本友人辛岛骁来访时出示并被鲁迅抄录的日本《内阁文库图书第二部汉书目录》亦有此版本："《金瓶梅》（百回。清张竹坡批评。清版。二四本。）"故在《集外集拾遗补编·关于小说目录两件》中亦有提及。在此前有关他的注释甚简："清彭

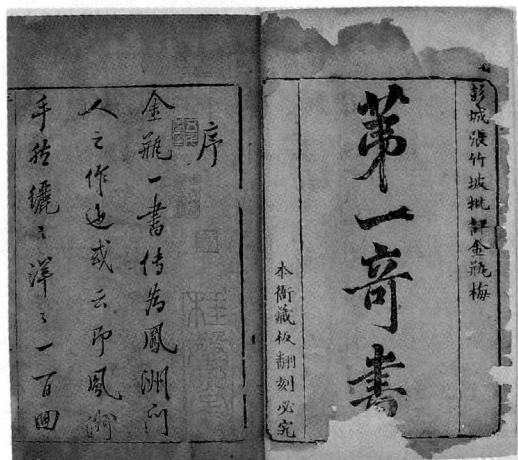

张竹坡评点的《第一奇书——金瓶梅》

城（今江苏徐州）人，生平不详。"

　　张竹坡（1670—1698），名道深，字自得，号竹坡，江苏彭城（今徐州）铜山县人。其祖父张垣、大伯父张胆均系明崇祯同科武举，只是张垣矢忠朱明王朝，为叛将所杀，张胆却降清，官至督标中军副将，加都督同知。二伯父张铎自幼能诗善书，一介文人。父亲张志羽终身未仕，为人通达洒脱，非常开明，对子女任其自然发展。如此的家学渊源，使张竹坡较早具备异于常人的文学鉴赏能力，尤其对《水浒传》《金瓶梅》之类的稗史小说在有兴趣的基础上刻苦钻研有成。在张竹坡看来，在科举时代，考取功名是唯一出路，精神皈依固然自然具备，通过走这条正路解决吃饭穿衣、养家糊口亦诚不可废。他15岁那年就秉承父旨到南京参加江苏乡试，结果是铩羽而归。真是祸不单行，福无双至，张竹坡回家不久，其父竟暴亡。精神和经济的双重打击，令尚未成年的这位张家长子简直难以支撑，世态炎凉、人情冷暖的感受刻骨铭心。为了改变尴尬的生活处境，康熙二十六年（1687），他再次参加乡试，仍以失败告终。迫于母命，张竹坡迎娶刘氏进门，生活的重负和考场屡屡的失意，只能在《乌衣记》一文中得到慨叹和宣泄。张竹坡为了交友和散心，此后有北京之行，与"长安诗社"文友相聚甚欢。在极短时间内，他"长章短句，赋成百有余首"，轰动一时，也有了"廿岁文章遍都下"的自豪感。此次北京之行除开阔张竹坡的眼界外，对于改善他家经济窘状自然是毫无益处的。

张竹坡怀才不遇，总得表现和宣泄。此时，清廷编织的文网已形成规模，若干年后骇人听闻的"文字狱"则相继发生。张竹坡的头脑十分清醒，著书立说特别是议论政事的话要冒极大风险，相对而言，评点前人著述则安全得多。他坦言：本来是"恨不自撰一部世情书，以排遣闷怀"的，既然有了一部熟读了的《金瓶梅》，并有所感悟，于是，以为评点《金瓶梅》，"一者可消我闷怀，二者算出古人之书，亦可算我今又经营一书"。张竹坡向来体弱多病，把亲友们的忠劝、苦劝当作耳边风，竟"能数十昼夜目不交睫，不以为疲"，将满腔悲凉痛恨凝于笔端，"键户旬有余日而批成"，其评点《金瓶梅》费时极短。他的评点有独特见解，矢口否认《金瓶梅》是淫书一说，公然肯定它"纯是一部史公文字"。他分析认为《金瓶梅》的写作初衷在于"仁人志士孝子悌弟，不得于时，上不能问诸天，下不能告诸人，悲愤悲唁，而作秽言以泄其愤也"。《金瓶梅》评点成书后，影响很大，但无助于改善他的困境。张竹坡突发异想，一人北上致力于治理永定河水利工程，以希冀另有所图。在工地上，他日忙治河公务，夜勤读书著作，过于劳累诱发急症发作，骤然身亡，年仅29岁，令人扼腕叹息！其弟张道渊撰有《仲兄竹坡传》，评价道："兄一生负才拓落，五困棘围，而不能博一第，赍志以殁，何其陒哉！然著书立说，已留身后之名，千百世后，凭吊之者，咸知有竹坡其人。是兄虽死，而有不死者在也。"

为军阀卖命而不得善终的张其锽

　　鲁迅在《华盖集续编·马上日记》一文谈及张其锽，他说："回家看日报，上面说：'……吴在长辛店留宿一宵。除上述原因外，尚有一事，系吴由保定启程后，张其锽曾为吴卜一课，谓二十八日入京大利，必可平定西北。二十七日入京欠佳。吴颇以为然。此亦吴氏迟一日入京之由来也。'"鲁迅所说的这一报道见诸1926年6月28日成舍我创办的《世界日报》里《本报特讯》栏。此处所说的"吴""吴氏"，就是直系军阀首领吴佩孚，张其锽则是他非常倚重的秘书长。

　　张其锽（1877.5.7—1927），字子武，号无竟居士，别署独志堂、默盦泊虚孤徂斋，广西桂林西关外五里圩人。他早年在广雅书院就读，因父亲突然去世，家庭经济坠入困顿，遂投靠任广东钦廉边防督办的岳父潘培楷，因忠于职守，又用心研究兵法，成绩突出，居然获得同知衔。光绪二十八年（1902），张其锽回到桂林，次年，参加广西乡试中式为第四名举人。光绪三十年，赴京会试第八十六名，殿试二甲，赐进士出身，仕途坦荡，历任湖南永州厘金局局长，零陵、芷江等县知县。湘西向来匪患严重，他因剿匪有功，又转任湖南巡防队统领。1911年辛亥革命军兴，张其锽审时度势，将其部改为南武军，拥戴谭延闿为湖南省军政府都督，他则任军事司司长。民国三年（1914）三月，张其锽当选为约法会议议员，经李经羲（李鸿章之侄）荐介，他被袁世凯授予广东巡阅使。不久，张其锽不满袁氏封爵之类的做法，负气出走到上海研究先秦诸子。民国六年六月，李经羲就任国务总理，即任命张其锽为高等顾问。未几，张勋率辫子军复辟，他又潜心于《墨子》研究。后来，张其锽通过在河南省督军署任秘书长的族兄张其钜结识北洋军阀吴佩孚，这位秀才出身的军阀对进士出身的张其锽怀有"敬意"，留下好印象。护法战争期间，谭延闿任湖南省长兼督军，敦邀张其锽为核心幕僚。民国八年，段祺瑞对湖南用兵，吴佩孚亲率部队入湖，与谭延闿所率的湘军对峙。张其锽积极从中斡旋，谭、吴很快签订休战协定，双方均表满意。张其锽不久也投靠吴佩孚。第一次直奉战争时，他作为秘书长帮助吴佩孚击溃了张作霖的奉军。民国十一年，黎元洪复任大总统，听取吴佩孚的意见，任命张其锽为广西省省长。民国十三年六月，李宗仁国民军攻入南宁，张、李两氏各为其主，李氏碍于同乡和张氏的为人，并不难为张其锽，任其安全离桂。1924年9月第二次直奉战争打响，已任吴佩孚顾问的张其锽建议吴氏联络冯玉祥部，打垮了奉军。他考虑再三，又建议吴氏暂时放弃京津，退回湖北韬光养晦，伺机行动。次年10月，孙传芳等通电拥戴吴佩孚反奉，张其锽以为时机已到，游说直系各督军，公举吴佩孚为十四省讨贼联军总司令，张其锽则为秘书长，奉系很快让步言和，又去共同对付冯玉祥部，于1926年4月控制北京。在各系军阀复杂多变的争斗、混战中，张其锽为吴佩孚出谋划策，好像游刃有余，为主子捞取不少好处，可见他有相当的谋划才能。但是，也是大势所趋，人心所向，国民革命军誓师北伐后，吴佩孚部主力被歼，张其锽跟随吴氏溃至郑州，在再逃亡四川途经豫鄂交界的新野县时被当地的农民武装红枪会打死。

张其锽毕竟是进士出身的文化人，工诗善文，尤精墨学，著有《墨经通解》《默厂泊孤徂游记》《独志堂丛稿》等存世。

康德、黑格尔哲学研究权威张真如

1927年1月4日《鲁迅日记》有"张真如来"的记载，当时，鲁迅与张真如是福建厦门大学文科教授，应该是稔熟的同事，但在鲁迅作品中这是唯一的记载。

张颐（1887—1969），谱名润金，又名唯识，字真如，四川叙永人。中国现代研究G.W.F.黑格尔哲学的学者、教授，著有《黑氏伦理研究》《黑格尔与宗教》《圣路易哲学运动》等，他对西方古典哲学尤其是黑格尔哲学有颇深的研究，其论著有力地促进了中国哲学界对黑格尔学说的了解和研究，他称得上中国哲学界专门研究西洋古典哲学的先驱。

清光绪十三年六月二十二日（1887年8月11日），张颐出生于叙永县马岭乡普通农家。光绪三十二年（1906），在亲友资助下，他考上并得以入永宁中学堂就读。当时，川南叙永一带反清革命活动较为活跃，杨沧白、朱之洪、向楚等中国同盟会会员应聘在该校任教，张颐受其影响"入校不久，思想突变"，接受了孙中山的民主革命思想，翌年即加入同盟会。光绪三十四年（1908），张颐以优异成绩考入四川高等学堂理科，不久即加入熊克武等组织的"乙辛学社"，他还负责联络陆军小学等校同志组织"勉学会"，共商国是，积极筹划反清革命，并奔走于仁寿、青神、井研和自贡等地，还奉命联络随端方入川的鄂军中的革命党人，终于取得四川光复。1911年11月22日，在重庆宣告成立"蜀军军政府"，张颐被委任为机要秘书。重庆、成都两军政府合并为四川军政府后，他一度担任民政署秘书。一方面当时革命党人均产生革命成功，缺乏继续革命的思想；另一方面，像张颐这样的人萌发了想通过教育、学术为祖国服务的念头。张颐的时运也好，1913年他考上四川公费留学生，10月顺利抵达美国，入密执安大学攻读哲学6年，潜心于黑格尔哲学研究，先后获得学士、硕士和博士学位。而张颐仍不满足，1919年夏抵英国牛津大学研究院，1921年又转入德国埃尔朗根大学和柏林大学继续深造。1923年，他用英文写就《黑格尔伦理学说的发展、意义及其局限》毕业论文，又在牛津大学获哲学博士学位。张颐的这一佳作，商务印书馆以《黑格尔氏伦理探究》为书名于1925年出版中文版，英国史密斯教授为之作序，评价颇高。

1924年，张颐回国，应聘任北京大学哲学系教授。两年后到厦门大学任教，还兼任文科主任、副校长，与鲁迅同事，他们一起开会、研讨教学，还一起照过相，但是，被鲁迅记载的只有1927年1月4日的《鲁迅日记》内容。是日上午，继厦门大学校长林文庆、教育长兼理科主任刘楚青之后，文科主任、教授张真如也去看望鲁迅，与他话别。此后，张真如与鲁迅似乎没有联系。1929年，张颐重返北京大学，任教授兼哲学系主任。他认真授课，颇受学生欢迎；在报刊上发表《读克洛那、张君劢、瞿菊农、贺麟诸先生黑格尔逝世百年纪念论文》《关于黑格尔哲学回答张君劢先生》《黑格尔与宗教》《从哲学周刊征文联想到圣路易哲学运动》等论文，在国内外学界影响很大。

1935年8月，任鸿隽出任四川大学校长，想方设法"挖"人才。翌年，张颐刚从国外考察回来，就被他盛邀到川大任教兼文学院院长。1938年底，张氏则赴武汉大学任教。抗战胜利后又一度重返北大，至1948年因病缠身才回四川。中华人民共和国成立后，政府很器重这位哲学权威，礼聘他任四川省文史研究馆馆员、四川省政协委员、全国政协委员，他曾重返北大热情指导青年教师和研究生的学习、教育和研究，直至1969年6月在京病逝。

纯粹的红色漫画家张谔

张谔(1910—1995.5.24)，原名训谔，江苏吴江人，生于江苏宿迁。张谔系教育世家出身，祖父一生传道授业解惑，当了一辈子塾师。父亲张树桐早年东渡日本留学，加入中国同盟会，回国后主编《宿迁民报》，创办过私立怀仁小学（后来扩展为怀仁中学），还著有小说《卢梭魂》等，是一位爱国的教育家。他对张谔也寄予厚望，要求过于严苛，而张谔不爱死读书、读死书，却自幼喜欢画画，由于父子理念不同，后来竟发展到公开断绝父子关系，直到张父1957年离世，两人几十年仍未见上一面，令人唏嘘不已。张谔唯一牢记幼时父亲引用《史记·商君列传》中赵良的一句话"千夫之诺诺，不如一士之谔

谔"，即坚持讲真话，办实事，为真理奋斗一生。事实也是如此，他确实用画笔为祖国和人民的事业奋战、服务了一辈子。

1928年，张谔坚持自己的理想，考入上海美术专科学校，很快就加入田汉等人组织的南国社。凡有演出需要，刻钢板、写字幕、绘布景、当演员等，什么都欢快地去干。1930年7月成立中国左翼美术家联盟，他参加成立大会，还是九名执行委员之一。1931年"九一八"事变发生后，掀起抗日救亡高潮。在田汉、许幸之等共产党人引导下，张谔积极参与，并在《风云儿女》中饰演一位艺术家，不久，还参加《民族生存》《中国海的怒潮》等抗日色彩鲜明的电影的摄制。1933年，张谔到《中华月报》担任美术编辑，与艾思奇等共事，其间还参加了中国左翼社会科学家联盟，在薛暮桥等人的影响和支持下，他更了解国际时事，利用漫画深刻揭露、辛辣讽刺法西斯，人们均以国际时事漫画家视之。

1934年9月，张谔与吴朗西等创办了《漫画生活》杂志。1935年又编辑印行《漫画和生活》，发表杂文与漫画。漫画，寥寥几笔，或辛辣讽刺，或诙谐劝导，战斗性和革命性很强。它们刊登了大量暴露当时黑暗现实和德、意、日法西斯罪恶行径的作品。如张谔的《和平幌子》《光荣可以当饭吃吗》等作品讽刺性强，社会影响亦大。该刊也得到鲁迅、茅盾、老舍等著名作家的热情支持，如鲁迅的《说"面子"》就发表在1934年10月第二期《漫画生活》。不久，《漫画生活》被国民党当局罗织鼓吹阶级斗争意识、反对现政府和鼓吹苏联政府革命成功等罪名加以查封。鲁迅在《且介亭杂文·附记》中也谈到其杂文："《阿金》是写给《漫画生活》的，然而不但不准登载……"他在1934年12月31日致刘炜明信中也说《漫画生活》"就是常受压迫的刊物"。此时的张谔已从一位进步青年跃升为用漫画作为武器进行不懈斗争的革命者了。

1937年全面抗战爆发后不久，上海也陷于敌手。张谔将阵地转移到广州，组建了"华南漫画界抗敌协会"，主编《漫画战线》月刊。接着，他又奔赴武汉，毅然加入中共在国统区公开出版的《新华日报》编辑队伍，直接为我党工作。当时斗争需要他根据社论配发漫画，还要在副刊上刊载颇受广大读者欢迎的作品，张谔不辞辛劳，总是不辜负领导和读者的期望。汪精卫投敌叛国后还施展诱降阴谋，张谔遂以"旧阴谋，新花样"为题，每天根据新闻创作漫画一组四幅发表，坚持三月之久，深刻揭露了汪氏的卖国罪行。1940年，他精选140幅作品编成《漫画自选集》，由读书生活出版社出版。在抗战最为艰难的时期，张谔以他最擅长的漫画这一利器，担负起救国救民的社会责任。1940年，张谔奔赴革命圣地延安。翌年5月《解放日报》问世，他任该报美术科科长，克服物质条件差等许多难以想象的困难险阻，努力做好美术编辑工作。张谔创作了《"九一八"事变真相》《墨索里尼荣膺第一名》等反法西斯题材的漫画，影响很大很好。1942年，在延安举办了他与华君武、蔡若虹的"三人讽刺画展"，深受大众欢迎，连毛泽东主席也拨冗参观，予以高度赞扬，并勉励画家心中始终"想着人民"。

1949年新中国成立后不久，成立中国美术家协会，华君武任秘书长，张谔则任副秘书长，共同努力促进中国美术事业的蓬勃发展。最突出的是，他为筹建中国美术馆和丰富馆藏美术作品呕心沥血，竭尽心力，贡献甚伟。20世纪60年代中国美术馆作为当时北京十大建筑之一竣工开放，改革开放后，张谔被任命为该馆副馆长。1995年5月24日，他在北京病逝。张谔将他的一生无私地奉献给祖国的美术事业。

创办儿童书局的鲁迅、周作人的学生张锡类

张锡类（1896—1960），后改名一渠，浙江余姚人。辛亥革命时期，鲁迅在绍兴府中学堂担任教职，而张锡类已是该校文科一年级学生。辛亥革命后不久，绍兴府中学堂易名浙江省立第五中学，周作人应聘到该校任英文教员，所以，他又是周作人的学生。1930年，张锡类闯荡上海十里洋场，在福州路424号创办以提倡儿童教育、增进儿童学识为宗旨的儿童书局，出版刊物《小朋友》和其他儿童读物。他不仅是出版家，而且是儿童教育的倡导者，还向周氏三兄弟约稿。1930年7月5日，鲁迅"晚得张锡类信"，13日，他则"晚复张锡类信"。往来书信未发现，故内容亦不详，据分析，可能与

约稿、出版儿童读物有关。1933年1月23日，鲁迅还收到儿童书局寄赠周海婴的一套"儿童科学丛书"25本（丁柱中、陈鹤琴主编，陶知行校订），很可能是张氏所为。鲁迅在《且介亭杂文二集·后记》所录"（国民党）中央党部禁止新文艺作品"书目中，也有译著者楼建南（适夷）、该书局出版的《穷儿苦狗记》一种。

我国当代儿童文学泰斗陈伯吹，当年就是张锡类这位"伯乐"慧眼识才，使他获得施展才华的良好平台，陈氏从《儿童杂志》"特约撰稿人"到儿童书局编辑部主任，编辑出版了"儿童半角丛书"《新连环画》《儿童常识画报》等许多深受小读者欢迎的出版物。

张锡类热心倡导父亲节，令人钦佩他的爱国精神。1945年8月，十四年抗战胜利在即，为了纪念为国捐躯的父亲们，张锡类与梅兰芳等十位名人6日在上海《申报》发表《八八父亲节缘起》，说"父"字形似"八八"，且"八八"发音与"爸爸"相似，倡议将每年八月八日定为"父亲节"。其时，日军虽败局已定，但尚未投降，上海仍在其控制之下，这种寓意怀念祖国的举动，实有风险。

教育家、博物馆学家陈宝泉

见诸鲁迅作品，与陈宝泉往还的记载仅有1915年9月29日《鲁迅日记》一处而已。高步瀛（阆仙）8月升任教育部社会教育司司长后不久，做东邀请陈宝泉（孝庄）等12位教育部嘉宾、同事共进晚餐。显然，后来作为鲁迅在教育部的同事，他俩关系密切，绝不会只参加一次饭局。

陈宝泉（1874—1937），字筱庄，又作孝庄、小庄、肖庄，天津人。近现代著名的教育家和博物馆学家。早在1896年康有为在京组织强学会时，陈宝泉就参与其中活动。翌年，他考取京师同文馆算学预备生。1901年，陈宝泉在天津开文书局从事编校工作。次年，他在天津民立第一小学堂任教，同时协助教育家严修创办天津师范讲习所。1903年，

151

在严修支持下东渡日本，攻读师范。学成回国后，在天津一些小学担任教务长等教职。1905年，陈宝泉任直隶学务公所图书课副课长，除主编《直隶教育杂志》外，还编印了《国民必读》《民教相安》等教科书以及《国民镜》《家庭谈话》等图书，在社会上产生很大影响。是年底，严修任学部侍郎，陈氏亦调学部，从主事到郎中再到普通教育司师范科员外郎，直到实业司司长。1912年5月，陈宝泉才离开学部出任北京高等师范学校校长，而鲁迅几乎同时到北京教育部上班，有失之交臂的可能。1915年9月29日《鲁迅日记》记载："晚高阆仙招饮于同和居，同席十二人，有齐如山、陈孝庄，余并同事。"齐如山是戏曲理论家和历史学家，知识面广，此时被聘为通俗教育研究会戏曲股名誉会员。陈孝庄时任北京高等师范学校校长，在学界和社会上均有较大影响。刚任教育部社会教育司司长的高阆仙特邀这两位与社会教育密切相关的嘉宾赴宴。"余并同事"，很可能包括齐如山之弟齐寿山在内的社会教育司同事。1920年冬，陈宝泉离北高师又回教育部，任普通教育司司长。鲁迅是1926年8月离京南下，陈宝泉要到1928年才离开教育部，两人应有较多的往还。1929年，他在天津市政府任参事。1930年升任河北省政府委员兼教育厅厅长。因不满签订中日《何梅协定》，身患高血压症的陈宝泉在一次社交活动时因此事过于激动而倒下，于1937年辞世。

如康有为在《实理公法全书》中所言：办博物馆是"以开民智而悦民心"。博物馆、图书馆是很好的社会教育，与办各类学校的学校教育一样相当重要。陈宝泉也是一位杰出的博物馆学家。早在日本留学期间，陈宝泉就在筹划建立博物馆，他在《天津教育品陈列馆试办大概章程》就说："教育品之设，专搜集中外应用之教育用品，标签罄说，以冀教育普及改良。"经过一番努力，终于在1905年2月10日，陈宝泉创办的教育品陈列馆借用天津玉皇阁对公众开放，受到市民的热烈欢迎，据《日日新闻报》9月1—29日统计，观众计达7121位，其中女性2251位。而号称中国第一个公共博物馆——南通博物苑，也是创办于1905年，笔者以为，陈宝泉的天津教育品陈列馆与张謇的南通博物苑是我国最早创办的一批博物馆应该是不存异议的。

在长期实践中，陈宝泉不仅是实干家，参与创办北京高等师范学校、天津教育品陈列馆等许多院校、馆所，而且，他的许多教育思想、理念、方法、文献史料等，体现在他的《考察日本菲律宾教育团纪实》《九年欧美教育考察团教育报告》《中国近代学制变迁史》《退思斋诗文存》等著作中，特别是《退思斋诗文存》。他还与胡适、陶行知合编出版了《孟禄的中国教育讨论》。

鲁迅在《〈中国新文学大系〉小说二集序》提及的陈嘏

鲁迅在《且介亭杂文二集·〈中国新文学大系〉小说二集序》一开头就说："凡是关心现代中国文学的人，谁都知道《新青年》是提倡'文学改良'，后来更进一步而号召'文学革命'的发难者。但当一九一五年九月中在上海开始出版的时候，却全部是文言的。苏曼殊的创作小说，陈嘏和刘半农的翻译小说，都是文言。"此处的陈嘏何许人也？2005年版《鲁迅全集》第六卷第265页有注释，注[4]曰："陈嘏　当时的一个翻译家。《新青年》自创刊号（1915年9月）至第二卷第二号（1916年10月）止曾连载他翻译的屠格涅夫的小说《春潮》和《初恋》。"似感语焉不详。

"西泠印社二〇一九秋季十五周年拍卖会"（中外名人手迹暨"五四"百年纪念专场）有陈独秀1916年10月7日致黄宾虹亲笔信现身，此信是迄今为止所发现的唯一一通陈独秀、黄宾虹往还通信，内容是陈独秀对黄宾虹主编的《国是报》副刊约稿的回复。该信识文如下：

惠片敬悉。弟于《青年》之外无暇为文，且更不能作小说，惟舍侄陈嘏喜译东西文之小说，曾为数种，载之《青年》。文笔尚不若时下小说之浅俗。先生倘许录用，即当命其着手。原稿由弟选定（拟取西洋名家杰作），饰文亦由弟监察，当不至大谬。至于装头换面，一稿而售数家，此等不道德行为，倘容青年犯此，不咎操刀而杀之也。倘他人有佳作，随后亦当介绍于先生。惟稿费大约千言三元（《青年》收稿费如此），不审《国是》定章如何？统希示知，以便饬舍侄遵办。此启朴存先生道安。

弟　陈独秀　白

（一九一六年）十月七日

《国是》倘收稿，其费每一星期结算，如何？又白。

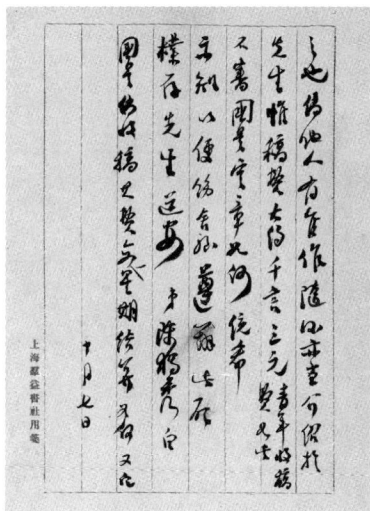

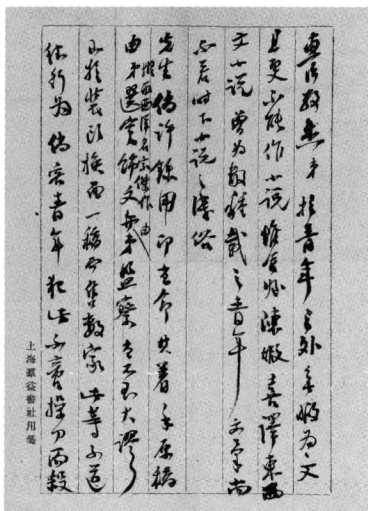

据此次西泠印社拍卖会提供的信息，陈嘏的简历是：

陈嘏（约1890—1956），字遐年，安徽怀宁在城乡（今属安庆市）人，陈独秀兄弟陈健生之子。学者、翻译家。早年留学日本，精通英文，曾任《青年杂志》英文编辑，从1915年9月15日《青年杂志》创刊号开始，连载他翻译的俄国作家屠格涅夫的小说《春潮》和《初恋》。后来，除继续为《新青年》供稿外，也常在《小说月报》《东方杂志》等报刊上发表译作。

"永远不得叙用"的陈德征

关于陈德征其人其事，鲁迅在《且介亭杂文·关于中国的两三件事》和《且介亭杂文二集·〈中国新文学大系〉小说二集序》等文章中均有谈及。陈德征（1899—1951），字待秋，浙江浦江县白马镇清塘村人。自幼聪颖好学，曾以理科第一名的优异成绩考入杭州之江大学化学系。"五四"运动期间，陈德征是一位热血青年，四处联络杭州各校学生，积极声援北京学生爱国运动，成为杭州学生领袖之一。他也是一位文艺青年，与曹聚仁等组织过"新南社"，倡导新文学和社会革命；陈德征又与胡山源、钱春江等创建文学团体弥洒社，出版《弥洒》月刊，其文学创作主张"顺应灵感"，体现

至情主义的传统倾向。他的文艺观点有民族意识，也主张革新中国文学，这种见解得到茅盾等人的认同。虽然陈德征认为文艺家是不适宜搞政治，何况他所处的时代又是动荡的年代，然而，陈德征说归说，做归做，还是走上从政的道路。他投机钻营有本事，也有机遇，1926年，成为国民党重要派系 CC 系中的一员，又当上了上海《民国日报》总编辑，不久，还出任国民党上海市党部主任委员、上海市教育局局长等要职。陈德征头脑一发热，就忘乎所以，利令智昏，在《民国日报》上搞民意测验，选举所谓"民国伟人"。结果一发布，第一名孙中山，第二名陈德征，蒋介石屈居第三名，一时舆论大哗，一查，他竟然还做了手脚，那还了得，陈德征很快被扣上"蛊惑民众，破坏治安"罪名革职查办，押解到南京变相囚禁了三年，蒋介石还亲自下达"永远不得叙用"陈德征的批示。真可谓聪明一世，糊涂一时，经此闹剧，上海滩上风光一时的陈德征，从此销声匿迹，从人间蒸发掉似的。他不仅丢了政治生命，而且连养活自己和养家糊口的生路也断绝了。无奈之中，陈德征有求于往昔的属下、时任《中央日报》社长绍兴籍陶百川，陶氏给他《中央日报》社顾问的头衔，总算解决了吃饭问题。

当年，陈德征在《弥洒》月刊的《编辑余谈》一文写道："近来文学作品，也有商品化的，所谓文学研究者，所谓文人，都不免带有几分贩卖者底色彩！ 这是我们所深恶而且深以为痛心疾首的一件事。……"说它"正是讨伐'垄断文坛'者的大军一鼻孔出气的檄文"。为了"独树一帜"而打"憎恶'庸俗'的幌子"。鲁迅在《〈中国新文学大系〉小说二集序》一文中予以引用，让读者了解陈德征的表现变化。当他没几年当上上海市党部主任委员等要职后又变成另外一张脸孔，鲁迅在《关于中国的两三件事》一文中谈了自己的亲身感受，谈到国民党当局镇压中国自由运动大同盟时揭露："四五年前，我曾经加盟于一个要求自由的团体，而那时的上海教育局长陈德征氏勃然大怒道，在三民主义的统治之下，还觉得不满么？那可连现在所给与着的一点自由也要收起了。而且，真的是收起了的。"

鲁迅惦念挚友"唯一的女儿"范莲子

鲁迅对于英年早逝的陶元庆,十分关心他幼小的弟妹;对于被国民党当局杀害的柔石烈士,鲁迅痛悼之余,对其遗属更是关爱备至,一次性"交柔石遗孤教育费百"。诸如此类,举不胜举,足见伟大的鲁迅有大爱有真情。鲁迅在《朝花夕拾·范爱农》一文的结束语写道:"现在不知他唯一的女儿景况如何? 倘在上学,中学已该毕业了罢。"他对于挚友范爱农之死,深感悲痛,辞世15年后,仍撰文缅怀;对于挚友"唯一的女儿",他亦十分关怀,仍惦念着她。

范莲子(1912—1989),亦写作莲珠,浙江绍兴皇甫庄人,后徙居皋埠镇洞桥下,是范爱农、沈荷英的"唯一的女儿"。范莲子曾函告笔者：她生于一九一一年十二月初一（1912年1月19日），属猪。父亲范爱农死于非命，范莲子方满周岁，留下孤女寡母，的确令人鼻酸。连范爱农的后事也是鲁迅的母亲鲁瑞和沈钧业、胡孟乐等几个朋友料理的。墓有三穴，中间是范爱农，左为范的前妻（死于难产，系沈荷英之姐），右为沈荷英（1888—1943），墓碑由沈钧业题写，原葬在陶堰银沟山，"文革"时被平毁。范爱农死后，母女俩替人绣花、加工锡箔（俗称"褙纸""砑纸"）糊口，当小学教员的外祖父沈尧成也接济一些。沈钧业见沈荷英、范莲子生活维艰，曾劝沈氏改嫁给绍兴县县长汤日新，沈荷英听了非常反感。范莲子还记得母亲说过的话："俗话说，'朋友妻，不可欺'，想不到沈钧业竟想出此种下策！"范莲子早年从外祖父读书，也进西鲁小学堂读过书。26岁嫁给做裁缝的范银华（1911—1970），生有儿子范云虎，后在上海铜管厂做工；长女范水云，后在上海染料化工三厂做工；幼女范水小，1964年支边，在新疆农二师工作。由于难以度日，范莲子在新中国成立前被迫到上海替人家做保姆，一直干到1966年初。1978年，笔者被派到绍兴县路线教育工作队搞了一年的农村工作，所在地是樊江公社，范莲子正好住在皋埠镇。通过居委会主任与她取得了联系，请她提供一些回忆材料。记得她第一次复信就说，想不到鲁迅也记得我这位苦命的弱女子，内心"无比激动，眼泪止不住流下来"。她晚年有时到上海子女那里住些日子，但不习惯大城市生活，又回到乡下老家一个人生活。1989

年7月18日，范莲子因病辞世，绍兴鲁迅纪念馆特地派员吊唁慰问。

两度任众议院议员的林式言

　　林式言（1871—？），名
玉麒，字式言，又作锡年，浙
江永嘉茶山（现瓯海茶山街道）
人。他早年走读书—应试—
取仕的"正路"，仕途较为坦荡，
在福建莆田等县当过知县。清
光绪三十年（1904），林式言在
两广总督岑春煊、广东巡抚张
人骏支持下，参与筹办广东第
一个官办地方金融机构——广
东官银钱局，对外又称广东官银号，他任经理。这带有半钱庄
半银行性质，通过发行钞票和其他业务对广东金融的调节颇有
益处。广东官银号直到1917年才奉令改组为广东地方实业银行。
林式言的这段经历被誉为"叱咤金融界的10位温州人"之一。后
在上海组建东瓯同乡会，为家乡服务。1908年浙江官立两级师范

163

学堂在杭州创建，有较强管理能力的林式言被聘为该校庶务长。1909年5月至1910年7月，鲁迅到该校任教一年，故两人是同事。鉴于林式言在政界、金融界和教育界等任职多年，颇有社会影响，1913年4月被选为国会众议院议员。是年3月14日，他不忘老同事鲁迅、张协和旧情，特地到教育部看望他俩。是日《鲁迅日记》有"午后林式言至部来访，并访协和"的记载。1916年，袁世凯在众叛亲离的情况下宣布取消帝制后，国会得以恢复，林式言再任众议院议员。

参与武装接收北京女师大
并接任学长的林素园

林素园（1890.12.11—1967.4），原名向群、兴群、迥群，改名素园，字放庵、昌文，号鹤如，福建长乐甘墩（金峰镇）联开村人。书香门第出身，据传，其曾祖三兄弟皆为秀才，祖父四兄弟亦皆为秀才，父辈六兄弟中秀才2人，还有一个武庠生，可谓耕读传家、四世书香。1912年，林素园毕业于福建师范学堂。1915年，他东渡日本留学，入东京早稻田大学，攻读教育学。学成回国后，任北平民国大学教授。亦曾一度到河南洛阳，被聘为直鲁豫巡阅使署高级幕僚。不久，林素园归队教育界。北京女师大风潮后，他接任该校校长，被鲁迅归属到"段（祺瑞）派"。虽然鲁迅已离京南下到厦门大学担任教职，但仍很关注北京女师

林素园（右）与夫人陈天萱晚年合影

大的命运。他在《华盖集续编·记谈话》中说："我赴这会的后四日，就出北京了。在上海看见日报，知道女师大已改为女子学院的师范部，教育总长任可澄自做院长，师范部的学长是林素园。后来看见北京九月五日的晚报，有一条道：'今日下午一时半，任可澄特同林氏，并率有警察厅保安队及军督察处兵士共四十左右，驰赴女师大，武装接收。'"鲁迅在《且介亭杂文·忆韦素园君》中再次声讨任、林"武装接收"女师大的暴行："那时候，因为段祺瑞总理和他的帮闲们的迫压，我已经逃到厦门，但北京的狐虎之威还正是无穷无尽。段派的女子师范大学校长林素园，带兵接收学校去了，演过全副武行之后，还指留着的几个教员为'共产党'。"鲁迅在1926年10月15日写给韦素园的信还谈及"看见《莽原》，早知道你改了号，而且推知是因为林素园"。也就是说，鲁迅和同他持相同立场的朋友对林素园卖力推行段祺瑞政府的错误政策（如对女师大进步学生运动采取粗暴镇压等）是颇为反感、反对的。韦素园还为此改名韦漱园。

不过，人和事都会变的，林素园后来确实变好了。当1937年7月7日日本帝国主义对我国发动全面侵略战争时，他积极参加抗日救亡运动，也坚决反对蒋介石的不抵抗政策，如与中共地下组织领导的"厦门儿童流亡剧团"合作创办了桂林黄花岗小学，并亲任校长。1941年，他设法筹资在闽侯南屿镇创办黄花岗中学，并亲任校长。可见，林素园一生热爱教育事业，始终不忘辛亥英烈的黄花岗精神，在民族大义面前，他是坚持爱国爱人民的。所以，新中国成立后不久，福建省人民政府聘任林素园为省文史研究馆馆员，这位老知识分子得到了应有的尊重和信任。他精通文史，擅诗词，工书法，杭州岳庙有林氏气势非凡的"忠孝无双"四个擘窠大字，另有《素园诗稿》《台湾纪要》等著作存世。

鲁迅在中山大学学生会
欢迎会演讲的记录者林霖

在2005年版《鲁迅全集》第十七卷第140页，关于林霖的注释甚简。由于林霖早已出走，关于他的生平史料苦苦寻觅而不得。一次偶然的机会，看到《林一厂日记》（厂音 ān，同庵）整理者李吉奎先生所写的一篇文章是关于侨务史，但涉及林一厂侄子林霖，才对林霖的一生有所了解。

林霖（1905—1970），原名学曾，改名霖，广东梅县丙村竹简坝（今丙村镇银竹村）人。林霖是一位经济学家。林百举（一厂）晚清秀才出身，但对腐败、黑暗的清朝政治极端不满，加入中国同盟会、南社，追随孙中山，参与反清革命，曾任汕头《中华新报》总编辑，后任中国国民党中央党史史料委员会编纂等职。对侄子林霖十分关心和提携。1926年林霖从上海大夏大学（华东师大前身之一）商学系毕业后，到广州中山大学任助理秘书。1927年1月25日下午，鲁迅应邀出席中大学生会欢迎会，并发表约二十分钟的讲演，就是林霖记录的。见诸《鲁迅日记》有五处记载他与鲁迅的往还。1927年2月5日是林霖与史学系学生黎光明夜访鲁迅的。3月5日，因鲁迅到广州中山大学担任教职，是日厦门大学谢玉生、陈延进、谷中龙、廖立峨、朱辉煌和李光藻7位学生亦追随转校到广州，鲁迅遂邀他们"同至福来居夜饭"，林霖与傅斯年、许寿裳、许广平亦应邀同席。1929年7月31日，林霖手头缺钱，向鲁迅借"泉廿"。12月13日，鲁迅收到过他的来信和文稿。最后一次是1930年4月11日，鲁迅还代收他和志仁的32元稿费。就在这一年，林霖考取公费中山奖学金赴美国俄亥俄州立大学留学攻读经济学，由于他的勤奋努力，第二年就获得该校经济学硕士，1934年又获该校经济学博士。众所周知，布鲁金斯研究所是国外著名的智库，也是美国重量级的非政府思想库。1935年，林霖任该所研究员。1938年，他则任纽约中国社会经济谘询委员会研究员。1939年，中国抗日战争处于艰苦的相持阶段，林霖应国民党要求转任纽约中国国民党中央宣传部国际宣传处北美办事处研究组专员、主任，主要向国际宣传中国抗日主张、政策、形势等，也就是临时当上外交官。世界反法西斯战争延续至1943年发生转机，美、英、中三国首脑的开罗会议，美、英、苏三国首脑的德黑兰会议相继举行。11月，美、苏、英、中四国当选联合国善后救济总署常委（美国为署长），林霖为中国代表团秘书，竭力为祖国和东南亚各地侨胞维护和争取权益。如联合国善后救济总署第一次会议在美国大西洋城召开期间，在讨论《如何扶助各国侨民返还原居留地案》时，林霖作为秘书和副组长代表中国发言，针对英国"应先得当地政府之许可"等不合理措辞，据理力争。因为东南亚原是法、英、美、荷殖民地，对中国侨民往返南洋各地颇为不利。会议最终采用中方意见，为东南亚华侨做了一件大好事。

1947年，林霖回国任职。1949年，应台湾大学校长傅斯年邀请赴台，先后任台湾大学经济系教授、经济系主任、法学院院长等职。

康有为的所谓关门弟子易宗夔

易宗夔（1874—1925），
原名鼐，字伟舆，又字蔚儒、
味腴，戊戌变法失败后改名宗
夔，湖南湘潭城塘冲人。近
代学者，亦为康有为的关门
弟子。光绪二十四年（1898），
易宗夔在长沙校经书院肄业，
虽系县学生员，却热衷于当时
蓬勃兴起的维新运动，并持论
偏激。他在参与编辑的报刊
上连续发表《论西政西学治乱兴衰与西教无涉》《中国宜以弱为
强说》《五洲风俗异同考》等文章，轰动一时，成为我国最早宣
扬西方资产阶级民主的人之一，因其观点偏激，有全盘西化的倾
向，故被湖广总督张之洞斥为"匪人邪士，倡为乱阶"，"十分悖
谬，见者人人骇恐"，连同样是维新派的湖南巡抚陈宝箴也惊叹

171

"前睹易鼐所刻，骇惊汗下"。他参加谭嗣同辈发起组织的南学会，与谭嗣同、熊希龄等组织不缠足会等。易宗夔辈认为中国落后的根源在于君贵民轻，力主改革政治体制。光绪二十九年（1903），易宗夔东渡日本，入东京法政学堂学习，同时加入中国同盟会，与宋教仁等往还甚密。回国后，他参与创办湘潭中学堂，并先后在长沙明德学堂、湖南高等学堂、北京清华学堂等校任教。宣统元年（1909）五月，易宗夔当选为湖南谘议局议员和资政院议员，与湖南立宪派头面人物谭延闿甚有交情。

1912年民国成立后，易宗夔任国民党政事部干事、法典编纂会纂修。第二年，他当选国会众议院议员，并任宪法起草委员。国会被袁世凯解散后，易宗夔回湖南，兴办实业。1916年、1922年两次恢复国会时，他均再任众议院议员。1923年3月，易宗夔出任北洋政府法制局局长，于次年五月被免职。从清末到20世纪20年代，他数任京官，风云一时，并颇有思想，尽管仕途一波三折，我们仍应从历史唯物主义和辩证唯物主义观点加以分析他，从而得出客观、公允的历史评价。

易宗夔著有《新世说》一书，八卷，1918年出版。鲁迅在《中国小说史略·第七篇 〈世说新语〉与其前后》中说："至于《世说》一流，仿者尤众，刘孝标有《续世说》十卷 …… 今亦尚有易宗夔作《新世说》也。"《新世说》仿南朝宋《世说新语》体例，分三十六门，记清初至民国初年名人文士之事。鲁迅在《中国小说的历史的变迁·六朝时之志怪与志人》中又说："现在易宗夔所做

172

的《新世说》等，都是仿《世说》的书。但是晋朝和现代社会底情状，完全不同，到今日还模仿那时底小说，是很可笑的。"可见对于模仿做法，鲁迅是不以为然的。

荆有麟之妻金仲芸

见诸《鲁迅日记》，金仲芸单独或偕荆有麟走访鲁迅计有23次之多。第一次是1925年7月5日夫妻俩拜访鲁迅。7月11日，金仲芸一个人先去鲁迅家，鲁迅赠以自己创作的小说集《呐喊》一本。1926年8月9日，鲁迅拟南下到厦门大学任教，她与荆有麟等在漪澜堂为恩师饯行。8月26日，夫妻俩还亲至车站送行。鲁迅抵厦门后，1926年11月30日，收到过金仲芸的来信，同日又收到荆有麟的来信（金单独或夫妻俩给鲁迅共写过四封信），鲁迅于12月1日作复。1928年鲁迅已定居上海，金仲芸、荆有麟夫妻曾于2月14日拜访过鲁迅，3月17日，金仲芸却是持荆有麟信看望鲁迅的，最后一次是6月18日荆有麟托同乡王孟昭送交金仲芸的文稿的。可见，此时金仲芸、荆有麟夫妇同鲁迅的关系发生了微妙的变化。

金仲芸（1898—1990），原名莫瑛，字仙瑛，其母姓金，金仲芸或仲芸女士其实是她的笔名，带有怀念母亲的意义。安徽无为人。金仲芸早年毕业于上海美术专科学校，擅长漫画和书籍装

1957年5月24日，奥特华在台北美国大使馆前愤怒抗议和控诉他们的司法严重不公。

帧设计，也爱好文学创作，在报刊上时有小说、杂文和短评发表。20世纪20年代，她随丈夫荆有麟在北京生活，同鲁迅往还较多。金仲芸对鲁迅怀有敬爱之情，虽然她不像荆有麟写有一本《鲁迅回忆断片》，可能她更感兴趣的是她的专业和女权问题。

金仲芸与荆有麟育有二女一子，长女奥特华生于1928年，四岁在南京鼓楼幼稚园读书时举办个人画展，北平《世界日报》于1932年6月1日以《四岁小画家奥特华画展参观记 —— 四壁琳琅足为湖山生色并有徐悲鸿、胡适等题字》为题作了报道。奥特华有艺术天赋，也有其母金仲芸的辛勤培育。1936年鲁迅病危，8岁的"小小画家"奥特华随父赴沪探望过他。奥特华还是一位重大新闻的相关人物。她不像其妹奥特利、其弟维也纳（改名荆良）

留居大陆，在湖南长沙工作和生活，而在嫁给国民党少校军官刘自然为妻后亦去了台湾。1957年3月20日，刘自然被美军顾问雷诺兹枪杀于台北，而美国驻台军事法庭公然袒护雷诺兹，竟宣判他无罪，当即把他一家三口用飞机送回国。列席旁听审判的奥特华当庭痛哭，差点晕厥过去。第二天，她勇敢地到美国大使馆抗议，奥特华声泪俱下，痛斥美军司法不公，为亡夫讨公道，激起台湾民众的同情和支持，发酵成轰动国际的重大新闻。在大陆的母亲、弟弟获悉此事后亦强烈控诉美军暴行，《人民日报》头版登载以《刘自然妻弟写信鼓励他姐姐奥特华，坚持爱国反美斗争到底》为题的长篇报道。

"桂林山水甲天下"出于金武祥之口

金武祥（1841—1924），原名则仁，字溎生，号粟香，又号菽香，别署一岸山人、水月主人等。江苏江阴璜土大岸村人。清末民初学者、诗人、文学家和藏书家。据当地文史工作者研究，清同治元年（1862）三月，金武祥入赘在江西会昌任知县的黄素庵家，不仅是黄素庵的乘龙快婿，而且是黄氏倚靠的幕僚，可见金武祥的才能、人品颇得黄素庵的赏识。他先后游幕石城、临川、建昌、吉安和南昌等县、州、府。其间，金武祥饱览名山大川、名胜古迹，往往有感而发，为后人留下众多记游诗，国人熟知名句"桂林山水甲天下"，但知道此句出自他之口的并不多。

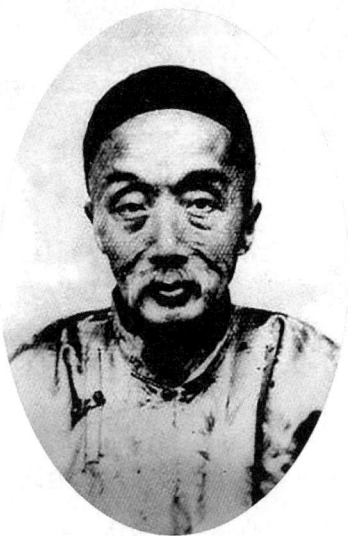

江阴乡贤合影。居中高瘦者为金武祥

光绪二年（1876）五月，金武祥随任广东按察使的堂兄金逸亭赴广州谋生。告老还乡后徙居常州城内，除出游访友和课教孙辈外，则以著书、刊刻为晚年主业，还应聘为江苏通志采访、常州府志局经理、江阴县志局首席分纂，积极从事文教、公益、慈善事业。辛亥革命后，金武祥常侨寓上海，从事诗文创作之余，又出资收集书画古籍，并精辨勘误，还花很大精力编书、校书、印书，自撰或与人合作编撰不少地方文史丛书，名噪一时。他一生校刊的地方文献有"江阴丛书""粟香室丛书"等60余种，著述《粟香随笔》40卷、《陶庐杂忆》、《江阴艺文志》，诗词千余首，连鲁迅在古小说研究中也征引过他的著作。鲁迅在《中国小说史略·第二十二篇　清之拟晋唐小说及其支流》中谈到《六合内外琐言》的撰者时，据金氏所著《江阴艺文志》资料，得知该书为"江阴屠绅字贤书之所作也"。鲁迅在《中国小说史略·第二十五篇　清之以小说见才学者》中又据其《江阴艺文志》凡例获悉《野叟曝言》作者为夏二铭（夏静渠）；他还据《粟香随笔》所记述的史料获知《蟫史》作者"磊砢山人"即屠绅。足见鲁迅写就《中国小说史略》得益于包括金武祥在内的许多前人的文艺产品和学术成果。

参与议论所谓"大内档案"的金梁

　　鲁迅在《而已集·谈所谓"大内档案"》一文中开头就说："所谓'大内档案'这东西，在清朝的内阁里积存了三百多年，在孔庙里塞了十多年，谁也一声不响。自从历史博物馆将这残余卖给纸铺子，纸铺子转卖给罗振玉，罗振玉转卖给日本人，于是乎大有号咷之声，仿佛国宝已失，国脉随之似的。前几年，我也曾见过几个人的议论，所记得的一个是金梁，登在《东方杂志》上；还有罗振玉和王国维，随时发感慨。最近的是《北新半月刊》上的《论档案的售出》，蒋彝潜先生做的。""我觉得他们的议论都不大确。金梁，本是杭州的驻防旗人，早先主张排汉的，民国以来，便算是遗老了，凡有民国所做的事，他自然都以为很可恶。"实际上，关于所谓"大内档案"的议论或争论，是轰动当时社会的一件大事，卷入的人很多，鲁迅自然亦卷入其中。

金梁（1878—1962），字息侯，号小肃，晚号瓜圃老人，满洲正白旗瓜尔佳氏，为驻防杭州的汉军旗人，说他的籍贯是杭县也不确。金系光绪甲辰（1904）进士，历任京师大学堂提调、内城警厅知事、民政部参议、奉天旗务处总办、奉天新民府知府、奉天清丈局副局长、奉天政务厅厅长、蒙古副都统等。民国成立后，任清史馆校对。后经张作霖保荐，金梁出任北洋政府农商部次长。主要是出于金梁的出身、宦历关系，民国后，他仍持思想守旧、坚持复辟的立场，与罗振玉是同类型的人。1923年2月25日出版的《东方杂志》第二十卷第四号发表了金梁的《内阁大库档案访求记》一文，自然又使他的顽固守旧、念念不忘皇恩浩荡的思想再次暴露。

金梁毕竟是三考出身，旧学功底尚可，工书法，擅篆、籀，著述亦丰，有《美术年鉴》《书画书录解题》《四朝佚闻》《清帝后外传外纪》《瓜圃丛刊叙录》《增辑辛亥殉难记》《近世人物志》《满洲秘档》等。

如果说起中国古代最后一部纪传体"正史"——《清史稿》，金梁是无论如何回避不了的关键人物。唐代以来，官方设置专门机构以纪传体体裁编修前朝正史，已成惯例。清朝的乾隆皇帝，将从《史记》到《明史》的二十四部纪传体正史一起刊刻，并"钦定二十四史"，显示出其文治武功的无与伦比，也凸显出康乾的太平盛世，而这一中国最后的王朝终结之后有《清史稿》问世，实在是中国封建社会纪传体正史的完美收尾。

民国肇建后，就任中华民国第一大总统的袁世凯和一度掌控京津地区的奉系军阀张作霖出于他们的政治需要，于1914年下令设立清史馆，令著名的清朝遗老赵尔巽为馆长，又聘缪荃孙等大批遗老为总纂、纂修、协修，启动这一重大文化工程。虽有1916年袁世凯称帝失败，继而病故等因素，但经过十来年努力，到1926年完成初稿，只是尚缺临门一脚——经费无着，赵尔巽通过袁金铠找张作霖得到解决。这样，袁金铠成了清史馆实际主持人，他又数邀从政、治史经验均相当丰富的金梁协助清史稿的收尾事宜。《清史稿》历时14年终于修成，共536卷，但由于时局动乱、人世沧桑等，私心较重的金梁把自己列为"总阅"，未经征得原作者的同意，暗地加入张勋、康有为等传记，私印了1100部。南京国民政府接收后清点发现金梁擅自改动，即将它查禁。实际上，《清史稿》已失控，各种版本在社会上流行。新中国成立后，毛泽东、周恩来亲自部署，于1958年开始了"二十四史"点校工作，1971年又新增了《清史稿》的点校项目。《清史稿》的点校由启功、王钟翰、孙毓棠、罗尔纲等专家学者承担。中华书局点校本《清史稿》与点校本"二十四史"配套（又有人合称"二十五史"），2020年继"二十四史"之后又把最后一部纪传体正史《清史稿》转简重排，从而有了最为亲民的普及版本。而金梁在其中有贡献亦有瑕疵，可见治史者最要紧的是应有高尚的史德。

近代文学翻译家、小说家周桂笙

在《中国小说史略·第二十八篇　清末之谴责小说》中，鲁迅关于李宝嘉（伯元）的生平介绍注明"见周桂笙《新庵笔记》三"。在同一文章中，他评述吴趼人及其作品，依旧引用周氏见解说："吴沃尧之所撰著，惟《恨海》，《劫余灰》，及演述译本《电术奇谈》等三种，自云是写情小说，其他悉此类，而谴责之度稍不同。至于本旨，则缘借笔墨为生，故如周桂笙（《新庵笔记》三）言，亦'因人，因地，因时，各有变态'，但其大要，则在'主张恢复旧道德'（见《新庵译屑》评语）云。"可见，鲁迅对周桂笙及其《新庵笔记》等著作，是十分看重的。笔者以为《鲁迅全集》第九卷《中国小说史略》谈及周桂笙及其著译时，有必要拟加注释。

周桂笙（1873—1936），名树奎，字桂笙，号新盦、辛庵、惺庵、新厂、知新室主人、知新子等，上海南汇人。近代文学翻译家、小说家。他早年肄业于上海中法学堂，因不满清廷政治腐败，又喜好诗词，故为南社社员。他的语言能力亦较强，精通英、法等多种外语，最初是在《新小说》杂志经常发表西方小说的译作。后来他与好友吴趼人合办《月月小说》，体现了他们博采众长、竞争生存的编辑意识和经营策略。因为周桂笙在该刊任总译述编辑，专事西方小说的译介，确立了他是近代中国倡导翻译西方文学先行者的历史地位，他大力译介科幻作品，并是以白话直译西方小说的首创者。周桂笙译著甚丰，主要的有《新庵谐译初编》《新庵译屑》《新庵译萃》《毒蛇圈》《歇洛克复生侦探案》等，另有《新庵笔记》《新庵五种》等笔记类。周桂笙翻译的有西方的侦探小说，也有童话寓言和科幻小说，如1903年出版的《新盦谐译初编》（上、下卷），上卷就收录了《一千零一夜》和《渔者》，下卷是15篇西方童话故事，其中《猫鼠成亲》等12篇选译自《格林童话》，另外《狼负鹤德》等2篇选译自《伊索寓言》，所以在周桂笙头上冠以《一千零一夜》的最早中译者，甚至称其为中国童话译界第一人等并不过誉。周桂笙在《新盦谐译初编·自序》中用最清楚的语言告诉国人，乃是借输入西方文明以拯救贫弱的祖国，足见他是思想深邃、眼界开阔的爱国翻译家。

城市规划设计师周醒南

1924年，周醒南（左）与市长黄强（右）等在大马号甲板上合影。

1926年9月21日《鲁迅日记》载述："朱镜宙约在东园午餐，午前与矼士、伏园同往，坐中又有黄莫京、周醒南及其他五人，未询其名。旧历中秋也，有月。"搜索几百万言鲁迅作品，似只有1926年中秋节那天，朱镜宙做东，周醒南与鲁迅他们应他邀请共进午餐，在饭局中聚谈一次而已。当时，周氏的身份是厦门市工务局局长，他确是城市规划、设计和建设的专家，在福建和广东口碑不错。

周醒南（1885—1963），字惺南，号煜卿，广东惠阳人。他自幼聪颖好学，废除科举考试制度后，入两广游学预备科（两广方言学堂前身），学成后曾在北江教书。民国元年（1912）周醒南出任广东公路处处长，虽然不是市政和路桥建设的"科班"出身，但不怕苦和累，肯动脑筋，他参与广东惠州、广州和汕头等地市政和公路建设，广受赞扬。特别是入闽在漳州主持公路等交通建设和公园等市政建设，更获得当地社会各界的好评。周醒南痛感路政和市政建设、管理人才奇缺，在漳州创办过道路专门学校等加强人员培训。

厦门，旧称鹭岛，20世纪20年代前，厦门市区局促于岛的西南隅，东沿山，西濒海，北邻筼筜港，南止于澳仔岭和鸟空园沙滩，城区极小，人口密度极大。中又有虎头山、麒麟山、镇南关等，连绵自东迤西，将市区分成市中心和厦门港两部分。厦门虽有"近城烟雨千家市，绕岸风樯百货居"的热闹之赞誉，同时，亦有《民国厦门志》所说的街市狭窄且污秽不堪、熏蒸潮湿、疫病时作的负面声音。为此，林尔嘉、黄世金等士绅创立厦门市政会，厦门地方政府成立市政局，开启了一轮又一轮的市政建设，这厦门城市建设的重要推手就是聘请来厦的市工务局局长、总工程师周醒南。据知情者披露：1926年9月在厦门大学兼任教授的福建中国银行经理朱镜宙为刚来厦大任教的鲁迅接风洗尘，亦邀市长黄强和工务局局长周醒南作陪。席间，也谈及厦门旧城"脏、乱、差、窄"的改造问题，鲁迅根据自己耳闻（"老厦门"的诉说）目睹的现象提了几点建议，如镇南关附近的坟墓应迁移，市郊的臭水池塘干脆填平等。自1926年至1934年，周醒南具体负责规划、建设：鹭江沿江的烂污泥滩得到彻底整治，筑起坚固的堤岸，堤岸外19个码头井然有序排列，堤岸内扩建街道，建设9个市场、中山公园等，开发新区30处116万平方米，新辟市区道路63条49余公里……社会各界和厦门广大市民交口称赞，直到现在，厦门市区内许多周氏主持的工程建设仍在发挥效用。周醒南离任回故乡后，历任惠阳商会会长、广州市税务局局长等职，引进侨资，创建惠州医院、西湖饭店等，造福桑梓。广州沦陷前夕，避难到香港，他又在九龙创办环山学校，并任校长。1963年，周醒南在澳门病逝。

1933年向国人谈新年梦的宓汝卓

宓汝卓（1903—1969），字君伏，号公干。浙江慈溪观海卫宓家埭人。他的家境殷实，从宁波浙江省立第四师范学校毕业后，考入上海大同大学，又转北京大学文科预科学习。1926年未及毕业设法东渡日本留学，在东京早稻田大学留学期间，曾冒称代表鲁迅向与其有深度学术交往的日本著名汉学家盐谷温教授（1878—1962）索要他影印出版的《全相平话三国志》，因该书尚未装订成书而未果。宓汝卓事后也意识到此做法甚为不妥，顾忌事泄，遂写信给郑振铎，恳托郑氏函请鲁迅予以追认其事实。鲁迅于1926年11月3日收到"郑振铎信，附宓汝卓信，即复"。鲁迅在《两地书·六八》中也同许广平谈到了此事："有一个留学生在东京自称我的代表去见盐谷温氏，向他索取他所印的《三国志平话》，但因为书尚未装成，没有拿去。他怕将来盐谷氏直接寄我，将事情弄穿，便托 C.T. 写信给我，要我追认他为代表，还说，否则，于中国人之名誉有关。你看，'中国人的名誉'是建立在他和我的说谎之上了。"宓汝卓在早稻田大学获商学士回国后，主要从事工商经济的研究，先后任上海法科大学教授、上海市农工商局委员、国民政府行政院农村复兴委员会专员等职，著有《近世欧美经济史》《典当论》等书。他与巴人是同学，又共同信仰文学"为人生"的主张，后还结识了茅盾、朱自清等著名文人。他还著有《中外评论》等文艺类图书。

1932年面对内忧外患严重的中国——东三省沦陷，淞沪抗战爆发且失利，蒋介石国民党对中央苏区发动第四次军事围剿……国人深陷激愤悲观之中。11月1日，著名的《东方杂志》主编胡愈之别出心裁，向全国各界精英发出400多封征稿信函，请大家畅谈"新年的梦想"。1933年元旦出版的《东方杂志》同时登载柳亚子、巴金、徐悲鸿、茅盾、俞平伯、郁达夫、朱自清、林语堂、夏丏尊、叶圣陶、郑振铎、邹韬奋、马相伯等国人熟知的精英们的"梦"，这份20世纪真实可信的记录，也让国人看到了他们的思想轨迹。在南京《人民晚报》当编辑的宓汝卓也畅谈他新年的梦：

从1933年元旦起，应有一群有办法、有力量的纯洁同志（不限定于青年），在社会上、政治上做改变现状的活动。从混沌黑暗的局面，领导民众走上光明的路。这光明的路，从政治方面言，应是货真价实的廉洁，应是不尚空言但知实行。应是崇奉一种主义，断然领导民众，决不迎合民众，应是埋头于内政的改善，决不利用对外策略以掩蔽政府本身的弱点。应准许言论绝对自由，决不讳疾忌医。从社会方面言，这一群纯洁同志，应分散在各种职业团体、文化团体内，主办各种社会事业，以身作则，扫除现在社会上一切恶习，改正一切病态，吸收训练后起青年，使成为防止社会腐化的清血剂。总之其目标不外两点：即使社会健全，俾政治得上轨道；使政治澄清，俾社会得早日健全。

清史研究奠基人孟森

孟森（1869①—1938），字莼孙，又作莼生，号心史，江苏常州府阳湖县（后并入武进县）人。14岁即师从名师周载帆，但孟森不拘泥八股文，从小着意于政治、经济和学术诸方面的拓展。嗣后又东渡日本留学，一度颇受西方政治、经济和学术的思想影响，亦撰写或翻译了一些介绍西方经济、法政诸学的著作。人到中年，他曾游幕广西龙江兵备道，亦系著名的状元实业家张謇的核心幕僚，也当过《东方杂志》编辑、国会议员、北京大学教授、江苏民政厅秘书主任等，从政

---

① 孟森的生年另有1868年之说。

时间不长，主要是潜心治史，并获得颇有影响的学术成就。

鉴于清朝入关后，讳言在关外曾臣于明朝的历史事实，导致其入关前的史事存有湮没的危险，孟森遂着力对清朝入关前后的历史资料进行钩沉发掘、梳理和考订，1914年他出版的《心史史料》第一册，就是对清朝入关前的历史从事系统研究的首批成果。孟森在北京大学等高校讲授"满洲开国史"等明、清断代史，著有《明史讲义》《清史讲义》等，不仅治学严谨，而且多有新发现和创见；所作议论和评述，亦有精辟独到之处。以《清史讲义》为例，孟森在充分利用《清实录》《清史稿》编纂时的最新成果的同时，又设法查阅《朝鲜李朝实录》等过去无人利用的史料，使他的断代史专著和明清史论文为学界注目，评价亦高。尽管孟森所持的立场、观点依旧传统、守旧，但他在治史方面吸收了近代史论研究方法，他毕竟开创了明清断代史研究的先河，功不可没。

孟森主要历史著作有《明元清系通纪》（原名《清朝前纪》）《心史丛刊》《清初三大疑案考实》等。其中《心史丛刊》共三集，1916年至1917年出版，内容都是有关史实考证的札记，是关于清代文字狱的记载，有朱方旦案、科场案三（河南、山东、山西闱）附记之"查嗣庭典试江西命题有意讽刺"案、《字贯》案、《闲闲录》案。孟森在论述王锡侯因著《字贯》被杀一案时发出不平之声："锡侯之为人，盖亦一头巾气极重之腐儒，与戴名世略同，断非有菲薄清廷之意。戴则以古文自命，王则以理学自矜，俱好弄笔。弄笔既久，处处有学问面目。故于明季事而津津欲网罗其遗闻，此戴之所以杀身也。于字书而置《康熙字典》为一家言，与诸家均在平骘之列，此王之所以罹辟也。"文字狱酿成了许多惨烈冤案。是孟森不辞辛劳的钩沉，公之于众，"我们这才明白了较详细的状况"。这就是孟森的历史性贡献。鲁迅在《且介亭杂文·隔膜》一文中对此有公正、高度的评价："清朝初年的文字之狱，到清朝末年才被从新提起。最起劲的是'南社'里的有几个人，为被害者辑印遗集；还有些留学生，也争从日本搬回文证来。待到孟森的《心史丛刊》出，我们这才明白了较详细的状况，大家向来的意见，总以为文字之祸，是起于笑骂了清朝。然而，其实是不尽然的。"

鲁迅对孟森的著作多次引用。他在《中国小说史略·第二十四篇　清之人情小说》中辨正《红楼梦》为"清世祖与董鄂妃故事说"时指出："孟森作《董小宛考》（《心史丛刊》三集），则历摘此说之谬，最有力者为小宛生于明天启甲子，若以顺治七年入宫，已二十八岁矣，而其时清世祖方十四岁。"可见孟森治史严谨，鲁迅十分欣赏，也乐于引用。

画家、作家胡考

胡考（1912.12—1994.6），笔名田苗，画室名聊以斋，浙江余姚人，生于上海，画家、作家。1931年上海新华艺术专科学校毕业后，在上海从事美术创作，且多用历史题材创作民众喜闻乐见的连环画。较有影响的有《西厢记》，1935年8月由上海千秋出版社出版。他据古代名著《红楼梦》改编的《尤三姐》，在1935

年2月至4月上海《大晚报》副刊《火炬》连载；据另一古代名著《三国演义》改编的《甄皇后》，则连载于1935年3月至4月上海《芒种》半月刊第一、二、四期。胡考有时也创作现实题材的美术作品，如1934年3月22日上海《申报》副刊《自由语》就刊用过他创作的《闺房中的乡村生活》。由于鲁迅与《申报·自由谈》《芒种》半月刊等报刊关系较为密切，对胡考创作的美术作品亦了如指掌，关于他的美术作品，鲁迅有客观且较高的评价，即使不足之处，其意见也十分中肯。如鲁迅1935年3月29日看过胡考创作的连环画《西厢记》原稿后，在致曹聚仁信中说："胡考先生的画，除这回的《西厢》外，我还见过两种，即《尤三姐》，及《芒种》之所载。神情生动，线条也很精彩，但因用器械，所以往往也显着不自由，就是线有时不听意的指使。《西厢》画得很好，可以发表，因为这和《尤三姐》，是正合于他的笔法的题材。不过我想他如用这画法于攻打偶像，使之漫画化，就更有意义而且路也更开阔。"

胡考年轻气盛，创作过一幅漫画《大出风头》，同框的既有蒋介石、汪精卫等政界的头面人物，又有游泳"美人鱼"杨秀琼和上海田径明星钱行素等，其中蒋介石氏身披披风，擎了一面青天白日旗，脑袋小，拳头却很大，言下之意：智商不高，权力却很大，激起读者的广泛议论。他的《胡考素描》和长篇小说《上海滩》当时是很有名的，所以，人们将他以小说家视之。抗日战争全面爆发后，胡考在武汉《新华日报》任美术编辑。1938年，他又奔赴革命圣地延安，在鲁迅艺术学院任教。此后还从事抗战美术宣传活动，作为国民政府军事委员会政治部第三厅的漫画宣传队成员，他绘制了不少宣传漫画和对敌宣传印刷品，全力以赴从事抗战宣传活动。他不仅发表《游击战不仅牵制敌人，而且袭击敌人》，而且是中华全国漫画作家战时工作委员会（后改名"中华全国漫画作家抗敌协会"）首批委员之一。1945年至1948年在解放区建设大学、山东大学任教授，后来调任《苏北画报》社社长。新中国成立后，参与创办《人民画报》，并出任《人民画报》副总编辑。1949年新中国成立前夕，胡考在北平参加中华全国文学艺术工作者代表大会时，应作家凤子之邀，特地为毛主席创作速写像，并获得了毛主席的亲笔签名。作为中国美术家协会会员，他晚年潜心于中国画的创作和研究，曾在中国美术馆举办胡考画展，这是他一生绘画成就的回顾和总结。

鲁迅为之校订译作并写后记的
中共早期党员胡成才

胡成才（1901—1943），名斀，字成才，又作成材，浙江龙游县城文昌巷人。因其父胡能松在闹市区开有店铺，薄有资财，供胡成才赴杭在浙江省立第一师范学校读书。时新文化运动兴起，他受到陈望道等名师的指引和省立一师"五四"新文化运动的熏陶，热情高涨。1923年，胡成才考入北京大学俄文系。在北大求学期间，他有幸结识了陈独秀、李大钊等中共创建者，经常参加共产党组织的活动，并于1925年经李大钊介绍加入中国共产党。见诸《鲁迅日记》，他俩有9次往还，均集中在1925年。第1次是1925年6月20日鲁迅"得胡

敦信"。据此分析，胡成才在此前已同鲁迅熟识。他登门拜访鲁迅7次，其中是年7月16日下午他是陪同在北大教俄文的老师伊文（A.A.Ивин，1885—1942）访问鲁迅的。胡成才给鲁迅写过一封信，鲁迅也给他寄过一封信，先后赠他《呐喊》《中国小说史略》等自己的作品和任国桢所译的《苏俄的文艺论战》。胡成才在伊文指导下翻译了苏联诗人勃洛克的长诗《十二个》，并送请鲁迅审阅。鲁迅接到译稿后，特地从日译本转译托洛茨基《文学与革命》第三章中的《勃洛克论》冠于书前，卷首的勃洛克画像也由鲁迅从日文本《新俄罗斯文学的曙光期》一书中选入，鲁迅还选用苏联版画名家玛修丁创作的四幅木刻做插图。1926年7月21日，鲁迅写就《〈十二个〉后记》，肯定《十二个》是"十月革命的重要作品"，感叹"翻译最不易"。在《〈奔流〉编校后记》中则再次赞扬《十二个》"是译得可靠的"。鲁迅还将《十二个》编入"未名丛刊"，送交北新书局出版。直到1928年10月9日，他在《〈北欧文学的原理〉译者附记》里还念念不忘胡成才翻译的《十二个》，为此宣传了一番。

其实，胡成才充分发挥精通俄语的特长为党为革命努力工作。在北京求学期间，他利用假期回乡之机，总是热情宣传俄国的十月革命、北京的学生运动、五卅运动等，为落后闭塞的龙游注入了新鲜的政治空气，在龙游至衢州的中共党史上写下了绚烂的一笔。1926年初，胡成才受中共北方党组织委派到苏联驻华大使馆工作，任苏联大使加拉罕的翻译，促进苏联对冯玉祥国民军的援助，他后来担任苏联军事顾问鲍罗廷和加伦将军的翻译，一起在冯部工作。是年3月，冯玉祥赴苏学习考察，胡成才是翻译，又是全程陪同，同时也是中共与苏共、共产国际的联络者。回国后，他又参与促成冯玉祥最终与封建军阀决裂，参加国民革命的行列。1927年"四一二"反革命政变后，在西北军的中共党员和苏联顾问被"礼送出境"，胡成才赴苏联莫斯科，在中山大学任教，兼做党务工作。1930年中大停办后，他转入编译局从事马列著作的翻译工作，翻译了许多马列原著，特别是列宁著作。1936年秋，胡成才与苏联红二代基金留娃·仁娜伊达喜结良缘。苏联肃反扩大化时，他曾受到株连，关押一年半后终获释放。出狱后，胡成才被安排到莫斯科外文出版局工作，他主编了《俄汉简略辞典》，为中苏文化交流和两国人民的友谊作出了独特而重要的贡献。遗憾的是，1943年他客死在异国他乡。

饱学之士胡绥之

胡绥之（1859.8.18—1940.7.14），名玉缙，字绥之，号绥庵，别署艳荪，室名许庼，《鲁迅日记》又作"玉搢"（疑为误植），江苏吴县（今苏州市）人。胡自幼聪颖，又勤奋好学，清光绪丁丑（1877）入县学，又肄业于苏州正谊书院，后入江阴南菁书院。学习经书辞章，兼习天文、算学等。胡绥之在读期间，其才学和为人是冒尖的。光绪戊子（1888），江苏布政使黄彭年创办学古堂，敦聘时年29岁的胡绥之为斋长，支持堂务。光绪辛卯（1891），胡参加江南乡试中式。一度赴闽习幕，也当过江苏兴化县教谕。值得一书的是，光绪癸卯（1903），胡绥之应经济特科考试，全国仅录取28名，其中一等9人，他荣居第六名，其才学由此略见一斑。是年，胡官湖北知县，有人也说他曾入张之洞幕。翌年，胡奉命东渡日本考察学政，著有《甲辰东游日记》。光绪丙午（1906）调任学部主事，不久升员外郎。戊申（1908）还被聘为礼学馆纂修。宣统二年（1910）初，京师大学堂成立，胡绥之即被聘为文科教授，讲授《周礼》等。民初胡又到教育部任职，他管辖"内库大档"，大费周章。负责筹建历史博物馆，与鲁迅共事多年。胡氏离开教育部后，转任北京大学、北京高等师范学校等院校教授，也曾供职于东方文化事业委员会。胡绥之是一位饱学之士，一生矢志不移，在学术园地辛勤耕耘劳作，成果丰硕，著有《许顾学林》《艳菇读书记》等书，藏书亦颇丰。早在1908年，胡绥之就建言续修《四库提要》，未果。辛亥革命后，其"顾忌斯解"，"用数十年之力，为之补正"。1925年前后，中日学者合作编撰《续修四库全书总目提要》，胡绥之数十年如一日，在《四库全书》的补充、考证和研究等方面，出力甚多，贡献甚大，好多中日学者均有高度的肯定和赞扬。1936年，华北形势趋紧，胡绥之遂离开生活和工作了近40年的北京，南归在苏州光福镇虎山桥塊安居，依旧拥书著述。他遂闭门谢客，致力于《四库全书总目提要补正》的撰著。胡氏深感此项文化工程甚巨，即使有"五百年之寿命，亦不能尽"，但他心甘情愿，只求"得寸则寸，得尺则尺"，即尽其全力而已。胡绥之的这席话语和行动，感人肺腑，正是学人所需要的。告慰他的是，《四库全书总目提要补正》（与王欣夫合著）终于在1964年由中华书局出版了。

鲁迅与胡绥之在教育部共事多年，见诸《鲁迅日记》有13次往还记载，始终于1912年至1917年，全在两人任职于教育部之时。

其间，鲁迅很有可能有漏记的。这六年之外仍有往还但失记的可能。尽管他俩的关系不如许寿裳辈莫逆，但鲁迅对胡绥之这位饱学之士是敬重的，可能是年龄差异较大的关系，存有代沟，当然，也不排除五四新文化期间及其以后，两人在新旧思想、文化、道德上难免有冲突，话不投机所致。坦率地说，从1912年6月14日《鲁迅日记》将他的姓名写作"吴君玉搢"来看，鲁迅对6月初刚到教育部工作的胡绥之是不了解的，姓名三个字写错了两个。但是，随着交往的增多，互相了解增强，两人关系也迅速升温，他俩在工作方面的合作是愉快的。民国肇建后，将天坛改建为什么，各部委意见不一，教育部秘书长梅光羲和鲁迅、胡玉缙于1912年6月14日《鲁迅日记》有实地考察的记载，教育部等决策部门采纳他们的意见，于1915年将明、清帝王祭天、祈谷和祀先农神的场所改为公园开放。第2次是1913年3月26日，鲁迅和胡绥之陪同顶头上司（社会教育司司长）夏曾佑到琉璃厂采购历史博物馆所需的出土明器土偶等陈列品。公事未办成，鲁迅个人购回了一批书。与鲁迅公私关系较好的夏曾佑司长与严复、林纾、梁启超等被袁世凯所利用，于1913年6月成立"孔教会"。鲁迅在是年9月28日《日记》里用调侃、讽刺的口吻说："云是孔子生日也。昨汪总长令部员往国子监，且须跪拜，众已哗然。晨七时往视之，则至者仅三四十人，或跪或立，或旁立而笑……顷刻间便草率了事，真一笑话。"1914年3月2日，《鲁迅日记》第3次写到胡绥之："以孔教会中人举行丁祭也，其举止颇荒陋可悼叹，遂至胡绥之处小坐而归。"显然，鲁迅对孔教会所组织的尊孔活动举止荒陋和教育部对部员的出格要求是反感的、抵制的。当时，胡绥之身任历史博物馆筹备处处长，在国子监办公，鲁迅就溜到胡氏办公室谈论他们感兴趣的事情去了。5月22日，鲁迅有事曾去察院胡同拜访胡绥之，因此有了他的第4次记载。胡绥之年长鲁迅22岁，看这位晚辈如此痴迷于金石碑拓的收集和研究，也深为感动，成人之美，将他收藏的"《龙门山造像题记》二十三枚"割爱赠送给鲁迅。龙门造像二十品备受金石学家推崇，胡氏所赠如此厚重，鲁迅当即回赠绍兴"《跳山建初摩崖》拓本一枚"。乌石跳山东坡岩崖上竖刻着"大吉"，下凿刻正文"昆弟六人，共买山地。建初元年，造此冢地，直【值】三万钱"。建初买地刻石是我国早期买地券文，也是浙江迄今发现的最早的东汉摩崖石刻题记，它和铅、木、玉、石、砖质等买地券不同，是买地券中最原始的形式。建初买地刻石为研究当时土地买卖制度提供了实证依据。从字体结构看，对研究当时流行的隶书，也有重要价值。鲁迅他们因扫墓等知道此刻石，很有可能到过此地，将购买的《跳山建初买地刻石》拓片回赠胡绥之是有意义的。这已是鲁迅第5次在《日记》谈及胡绥之。胡绥之的这份情义，鲁迅铭记在心，4月14日，他一收到周作人寄来的《永明造像》拓片，就修书一封至胡绥之并附赠此拓片。15日，鲁迅也收到了胡氏的信，这在《鲁迅日记》中谈及胡绥之已是第6次和第7次了。这是迄今为止发现的两人唯一一次通信记录。周氏兄弟买也好，亲自拓也好，亲友和学生送也好，将这些越地碑拓的大多数馈送给同事、同好和同乡，推介和宣传了绍兴，为祖国保存了珍贵的文化遗产，个人之间则增添了友情。6月21日、7月20日、7月25日、7月26日和8月22日，即鲁迅第8至第12次关于胡绥之的记载均系二人互访的事，因未述及详情，只记流水账而已。从《鲁迅日记》看，鲁迅与胡绥之的频繁往还主要在1915年（8次），最后一次已是1917年5月23日，旧的交情仍在。"胡绥之嫁女"，鲁迅"送银一元"作为贺礼。除了《鲁迅日记》的这13次记载外，1928年1月28日《语丝》周刊第四卷第七期，鲁迅发表《谈所谓"大内档案"》一文，旧事重提，实际上以知情者、当事人身份揭露"八千麻袋事件"的真相，一针见血地指出："中国公共的东西，实在不容易保存。如果当局者是外行，他便将东西糟完，倘是内行，他便将东西偷完。"可谓一语中的，入木三分。体会鲁迅此文的本意，矛头所指，是那些"有关面子的人物"。鲁迅巧妙地用罗马字代之，但明眼人一看就知道他在揭露和批评教育总长、次长等权势者。包括标榜抢救"大内档案"有功的罗振玉曾倒手转卖过其中一些给日本人松崎，罗氏还与彦德（YT）在"大内档案"中分别得到蜀石经《穀梁传》70余字、940余字，两人后来都卖给庐江刘体乾牟利。他们有的后来以藏书家闻名于世，他们的藏品有利用职务之便占为己有的。鲁迅对竭尽心力想当好历史博物馆筹备处处长的胡绥之是了解的、理解的。胡氏能独善其身，实在不易，他又身际忧患，心系文物档案安全，食宿和办公均在国子监，确是忠于职守的表现，对于胡心有余而又无力推动保护的情况，鲁迅与后人不会苛求、苛责他的。所以，对于当年"南菁书院"的高材生，不但深研旧学，并且博识前朝掌故，人称"清季朴学之后劲"的胡绥之，鲁迅仍怀敬意。在文中，他敬称为"胡先生"。

诗人、教育部同事胡梓方

胡梓方（1877—1921），名朝梁，字梓方，号诗庐，《鲁迅日记》又写作胡梓芳、胡子方，江西铅山人。1895年求学于南京江南水师学堂管轮班，与鲁迅还是校友、学友，而他的弟弟胡韵仙则是鲁迅在该洋务学堂的同班同学。胡梓方曾东渡日本考察海军，毕业后在南琛、镜清等兵舰服役。1905年脱海军籍，入震旦学院随马良学习法文、拉丁文，早年有游学欧洲的计划，终因资金困乏未果。后应江宁提学使李瑞清邀，任两江师范学堂、上江公学教习，兼提学使署阅卷官和中国公学英文教员。民国肇建后，胡梓方任教育部社会教育司主事，与鲁迅同事。《鲁迅日记》就有5处记载两人往还。1912年5月11日鲁迅抵京

206

后第七天应邀"午就胡梓方寓午餐"。1913年3月5日"午后同戴芦龄往胡梓方家，观其所集书画，皆近人作也"。6月2日，为筹建历史博物馆，"下午同夏司长、戴芦舲、胡梓方赴历史博物馆观所购明器土偶。约八十余事。途次过钟楼，停车游焉"。11日下午，鲁迅有事"往许季上及胡梓芳家"登门拜访。最后一次是1914年1月2日"晚五时教育部社会教育司同人公宴于劝业场小有天，稻孙亦至，共十人，惟许季上、胡子方以事未至"。照理胡梓方同鲁迅往还肯定还要多，只是《鲁迅日记》漏记了。据时任教育部秘书的蒋维乔说，胡梓方在教育部工作期间"视当世之务，虽若弗甚措意，然皆了了于心，偶有议论，或为人治牍，皆曲中事理，条理缜密；盖能素仁而行，不欲徒托空言者"。1919年，胡梓方调任西北筹边使公署秘书。他身体孱弱，又长期伏案工作，健康状况恶化，曾一度潜心学佛，亦无效果。蒋维乔在《胡诗庐传》写道："诗庐实多病，颜色憔悴，又不肯自暇逸，日益羸弱……皖直事起，诗庐睹国事日非，疾乃益甚，遂以辛酉四月，殁于京师。"

胡梓方身处新旧两种制度和传统、现代新旧两种文化的鼎革、转型期，他平生交游兼新旧文人，与陈三立、陈师曾、严复、王闿运、康有为、郑孝胥、章士钊、胡适、夏敬观等名士均有交集，可见他的为人之道较为宽容。按胡梓方自己的说法："诗以外无第二嗜好。"陈衍说他"入官署治文书外，日抱其新旧诗稿如束笋，诣所知数里外，商量不倦"。王逸塘为他叹惋"笃志为诗，形神俱槁"，"呕心协律，竟夭天年"。如今，他存世的《诗庐诗文钞》，可以窥见其诗文的功力、成就和地位，不愧为"江西诗派"最耀眼的后起之秀。难怪周作人1935年旧历新年，在北京厂甸淘宝，淘到了《诗庐诗文钞》这一宝贝，怀着欣喜的心情将此淘书经历写成《厂甸之二》。胡梓方突出的文学成就固然是诗，而他又是林纾的亲密合作者，以"意译"模式生产了大量颇具影响力的译作，如合译英国作家"鹃则伟"的《云破月来缘》等。他自己独译了《孤士影》《鹃哀》《奇觌》《情误》《药悔》《侠遇》和《噩忏》等，还为内务部编译了《美国内务行政论》。

胡聘之及其所编《山右石刻丛编》

　　有人说胡聘之系清末考古学者，有点言过其实，他官至山西巡抚，称其为洋务派重臣还差不多。胡聘之（1840—1912），又名崇儒，字蕲生，又字萃臣，号景伊，湖北天门人。胡聘之自幼深受胡氏长辈的熏陶和影响，学习勤奋刻苦，仕途亦坦荡。16岁取为秀才，同治三年（1864）25岁考中举人，次年又以一甲第九名中进士，被选为翰林院庶吉士，四年后为翰林院编修。他历任会试同考官、四川乡试主考官、内阁侍读学士、太仆寺少卿、顺天府府尹。光绪十七年（1891）十一月，胡聘之外放山西布政使。光绪二十年，以从一品顶戴兵部侍郎兼都察院副都御史身份实授山西巡抚。自1891年至1899年，除短期调任浙江布

政使、陕西巡抚外，胡聘之在晋主政近八年，有一定政声，如被称为山西近代工业之父、晋商保护神、洋务派先锋、维新运动身体力行者（建铁路、保矿权等）。因为科班出身，胡聘之著述亦丰，有《中丞奏稿》二卷，另有34篇文章被选编在《湖北文征》一书，影响最大的要数《山右石刻丛编》。以他的名义编有《山右石刻丛编》四十卷，收入自后魏正光四年（523）至元代至正二十七年（1367）间山右（即山西）石刻七百余通，于光绪二十七年（1901）刊行。前有胡氏光绪戊戌（1898）、辛丑（1901）序及缪荃孙光绪戊戌序。胡聘之对山西石刻等文物收集和整理有兴趣是事实，但实际编撰恐怕是他的幕僚代劳的。《大云寺弥勒重阁碑》全文，见该书卷五。胡聘之对此碑写有按语："碑文闳丽严整，四杰之遗，而专颂武周革命，竟无思唐之语。"这也是他对此碑的看法。

为了校阅《大云寺弥勒重阁碑》，鲁迅于1915年11月6日花了六元大洋购置《山右石刻丛编》（胡氏刻本一部）二十四册参阅。是年，鲁迅撰就《〈大云寺弥勒重阁碑〉校记》，曰：

> 大云寺弥勒重阁碑，唐天授三年立，在山西猗氏县仁寿寺。全文见胡聘之《山右石刻丛编》。胡氏言，今拓本多磨泐，故所录全文颇有阙误，首一行书撰人尤甚。余于乙卯春从长安买得新拓本，殊不然，以校《丛编》，为补正二十余所，疑碑本未泐，胡氏所得拓本恶耳。其末三行泐失甚多，今亦

不复写出。

可见，1915年11月，鲁迅在校唐朝《大云寺弥勒重阁碑》时，也参照胡聘之编印《山右石刻丛编》所收该碑释文，并补正二十余字，鲁迅治学态度之严谨亦由此略见一斑。

木刻家钟步清

1931年8月22日，鲁迅邀请日本版画家内山嘉吉为中国木刻青年讲授木刻技法。图为讲习班结束时合影。左起第一人为钟步清。

钟步清（1908—2005），原名青云，改名步清，又作步卿，广东兴宁人。木刻家。1930年考入上海美术专科学校。在校期间于1931年与陈铁耕、陈卓坤发起成立上海一八艺社木刻部。同年8月，钟步清参加鲁迅主办的木刻讲习班，亲聆日本美术教师内山嘉吉教授木刻技法。讲习班结束后，鲁迅、内山嘉吉与听讲的全体学员合影留念。同年秋，他又与同学王绍络等发起成立上海MK木刻研究会。鲁迅曾选送钟步清的作品《三农夫》《二个难民》参加1934年在法国巴黎举行的"革命的中国之新艺术展览会"展出。1933年底在上海美专毕业后，他回故乡广东兴宁，把MK木刻研究会会务移交给张望、周金海处理。回乡后钟步清在汕头海滨师范任美术教员，仍保持同鲁迅的通信联系，鲁迅在日记里有这五次书信往还的记载，即鲁迅于1934年1月6日、5月19日、5月28日、6月6日和1936年5月25日收到他的来信。其中1934年5月28日钟步清还附送一幅根据1931年夏木刻讲习班合影的鲁迅形象创作的木刻，他作了说明，说"这张像不大像"，"若果有近影请付下一张，再重刻一次"。抗日战争全面爆发后，钟步清应聘去云南大理，任国立大理师范学校美术教师。1949年新中国成立后，他一直在故乡从事美术教学工作。

广东中山大学同事、水产学家费鸿年

费鸿年（1900.10.29—1993. 5.12），2005年版《鲁迅全集》误注其卒年为约1951年。浙江海宁硖石人，海洋生物学家、水产学家。16岁毕业于江苏省立第二农业学校（现苏州农业职业技术学院），遂东渡日本留学，入东京帝国大学理学部动物学科。1923年回国，被聘国立北京农业大学（现为中国农业大学）动物学讲师，开始从教之路。他三次受聘于中山大学并创办中山大学生物学系，与中山大学有不解之缘。1924年第一次受聘于广东大学，该校接受费鸿年的建议，同意创办生物系，但因国民党内部派系斗争，无法落实，他愤而辞职；1926年5月，费鸿年第二次受聘于广东大学，任生物学系教授、系主任，曾与陈兼善一起组织学生对南海北部进行我国近代第一次海洋生物的科学考察。1927年1月,鲁迅到广州时,广东大学已易名中山大学,理科设有动物学系,费鸿年仍任该系主任、教授,而鲁迅就任中山大学教务主任兼中文系主任,两人系同事关系。1927年2月21日"午后开第三次教务会议"后,费鸿年偕何思敬到鲁迅住所看望,这在是日《鲁迅日记》亦有记载。1932年,费鸿年第三次受聘于中山大学,并再次东渡日本深造,回国后发表《海洋学纲要》等学术成果。

1949年新中国成立后,费鸿年有了安定的生活和工作环境,迎来了他科学研究的春天。为了搞清我国水产资源状况,他上了年纪仍主动请缨,带队组织我国首次黄河流域水产资源考察。1954年,费鸿年又带队考察青海湖。考察期间,他发现青海湖有大量鳇鱼,即向有关部门建议成立渔业公司,开发青海湖,从而为青海湖一带民众带来巨大的经济效益。1964年,费鸿年又主持南海北部底拖网鱼类资源调查考察以及资料收集整理,对我国南海渔业生产的规划等具有重要参考甚至指导意义;长期以来,我国采用原始的手工操作方法评估水产资源,从20世纪70年代中期开始,费鸿年结合外国各种数学模型和我国水产实际情况,创造出一种新的且适合我国水产实际的"动态综合模型",他也因此于1978年荣获全国科学大会奖。

费鸿年曾任南海水产研究所副所长,除了实地考察外,还出版了大量专著,如《动物生态学》《动物学纲要》《水产资源学》等,人们誉他为"'鱼'业巨星"。

被时人誉为"当代之通才，艺林之耆硕"的姚华

1934年2月，鲁迅、郑振铎以"版画丛刊会"名义编印了《北平笺谱》。两人为此费了许多心血，鲁迅在1933年至1934年的日记及致郑振铎信中，多次记载和谈及有关《北平笺谱》的选、编、刻、印、送等事宜。其中鲁迅1933年10月2日致郑振铎信中谈及"编次"问题说："看样本，大略有三大类。仿古，一也；取古人小画，宜于笺纸者用之，如戴醇士，黄瘿瓢，赵㧑叔，无名氏罗汉，二也；特请人为笺作画，三也。后者先则有光绪间之李毓如，伯禾，锡玲，李伯霖，宣统末之林琴南，但大盛则在民国四五年后之师曾，茫父……时代。编次似可用此法，而以最近之《壬申》，《癸酉》笺殿之。"此处的"茫父"，何许人也？

216

茫父，名姚华（1876—1930），字一鄂，号重光，茫父也是他的号，还别号莲花庵主（因久居北京城南菜市口烂缦胡同莲花寺南院而得名），贵州贵筑（今属贵阳市）人。姚华系光绪二十三年（1897）举人，三十年（1904）进士，授工部虞衡司主事。庚子之乱后赴日本法政大学攻读法政，兼修教育学。学成归国后，改任邮传部船政司主事兼邮政司科长。入民国后，选为贵州省参议院议员，曾任北京女子师范大学、京华美专等校校长，清华学堂、民国大学、朝阳大学等校教授，还被北京大学造型美术研究会聘为导师。姚华颇有天赋，确是一位多方面的人才，时人誉他"当代之通才，艺林之耆硕"，他在古文字、音韵、诗词、书画金石、戏曲理论、教育诸领域有独到之处，或独树一帜，均可称专家、学者。他绘画方面擅长山水、花鸟，书法擅篆、隶、真、行诸题。著有《弗堂类稿》，仅诗词有十一卷之多。1926年5月17日，姚华因猝患脑溢血症，致使半身不遂，仍坚持书画创作，成就了他与陈师曾在民国前期京津画坛的领袖地位，所以，笔者以为2005年版《鲁迅全集》第12卷第454页说他为"清末书画家"应予以修正，一是同鲁迅致郑振铎信中的说法一致，二是与他20世纪二三十年代书画创作实际相符。

翻译家抱朴

抱朴（生卒年待考），又名秦涤清，后改名秦慧僧。曾是中共早期党员，去苏联留学，与蒋光赤（光慈）住同一宿舍，后转变为无政府主义者，被开除党籍。与妻孙素玎似以著译谋生。

秦涤清在莫斯科郊外（傅秉常摄于1945年8月19日）

1925年7月6日《鲁迅日记》有"（下午）抱朴来"的记载，他的《赤俄游记》在北京《京报副刊》连载后，拟印成单印本，拜访鲁迅之目的就是请他为此书写序，结果未遂。五年后，鲁迅已定居上海。1930年2月18日，秦涤清又叩访鲁迅，是日《鲁迅日记》有"秦涤清来，不见"的记载。1937年2月10日是俄罗斯大诗人普希金逝世100周年纪念日，普希金被人尊称为"俄罗斯文学之父"，孙素玎俄文极好，中文反而不会，她撰写了《叶夫结尼奥聂金之检讨》一文，秦涤清翻译了普希金中篇小说《杜布洛夫斯基》，均收入韦愨编辑的《普式庚逝世百周年纪念集》（1937年）。1944年，秦涤清被国民政府任命为驻苏联大使馆二等秘书，而孙素玎抗战期间在国民党中央宣传部国际宣传处外事科俄文组工作。据著名战地女记者张郁廉回忆录《白云飞渡》说，秦涤清卸职时，正值解放战争时期，夫妻俩去了美国。

鲁迅旧友、民国诗人袁文薮

袁文薮所画的山水扇面

袁文薮（1873—1950），幼名荣润，曾用名大，改名毓麐（毓麟），字文薮，又作文漱，浙江钱塘（与仁和合并，为今之杭州）人。光绪二十三年（1897）副贡。二十七年（1901）袁文薮与孙翼中、项兰生等创办《杭州白话报》（后改名《全浙公报》）。1902年底、1904年9月，他两度赴日本留学，常为浙江同乡会会刊《浙江潮》撰文。鲁迅弃医从文后，即与袁文薮、许寿裳、周作人和苏曼殊等共同筹办文艺刊物《新生》，对刊名、封面设计、刊内插图等均有安排，但不久因袁氏赴英留学和经济拮据等而未遂。

他从日本东京法政大学速成班学成归国后，先后任仁钱小学校长、浙江省视学、奉天法政学堂教务长、财政部钱币司司长、黑龙江省国税厅厅长、国务院谘议、甘肃省财政厅厅长等职。新中国成立后，袁文薮曾任政务院财政部钱币司司长。

从政从教之余，袁文薮亦弄文舞墨，工诗词，与郭则沄、傅增湘等唱和。著有《香兰词》《辛未南行日记》等。在一些拍卖市场，偶有他的山水扇面等书画作品现身。

鲁迅与袁文薮最早应在1902年底留学日本时结识，见诸鲁迅作品，亦有多处谈及和记载。鲁迅1910年8月15日致许寿裳信中说："致文漱信，亦希勿忘。他处有可容足者不？仆不愿居越中也，留以年杪为度。"他烦请许寿裳转托袁文薮为自己谋职。由于袁文薮一直没有回音，鲁迅又在1911年2月6日致许寿裳信中提及"文薮谅终无复书，别处更无方术。君今年奚适？久不得消息，甚念甚念"。那时许寿裳的工作也飘忽不定，袁文薮"终无复书"也许有他的难处。辛亥年系鼎革之年，社会大动荡大变革，要找一个称心的工作并不容易。《鲁迅日记》也有3处袁文薮与鲁迅交往的记载：1912年9月24日，是袁文薮、蒋抑卮先后夜访鲁迅，他们都是熟人，说不定他俩是约定看望老友的。第2处是袁文薮需求周氏兄弟合译的《城外小说集》（一、二册），通过许寿裳要去了一套。1914年5月30日，周作人翻译波兰显克微支的中篇小说《炭画》刚出版，鲁迅就给袁文薮寄去了一册。

写过小说的农业经济学家莎子

莎子（1905.4.26—1988），原名韩德章，曾用名君格、稼克，莎子是他早年发表文艺作品时所使用的笔名，天津人。农业经济学家、农业教育家和世界语专家。1922年，韩德章考入燕京大学工程系预科，业余爱好文艺，入校后不久加入林如稷、陈翔鹤等人在上海发起旨在培植"荒土里的浅草"的文学团体浅草社。即使1925年2月浅草社因故无形解散，陈翔鹤、冯至等成员在北京另组沉钟社，他仍是社员。后来，莎子转入燕京大学理学院农学系。1928年毕业，获理学学士学位。莎子在1925年12月的《沉钟》周刊第九期发表了短篇小说《白头翁底故事》，写一种名叫白头翁的小草，开花后遭遇风雨摧残，花冠凋零，只留白色的绒毛，自以为还是青春少年，却被同伙讥为"白发老人"，因而感到悲伤。这就是鲁迅所说的"莎子的托辞小草"。鲁迅在《且介亭杂文二集·〈中国新文学大系〉小说二集序》一文中论及沉钟社的创作倾向时说：他们的心情"是大抵热烈。然而悲凉的"。他们的"许多作品，就往往'春非我春，秋非我秋'，玄发朱颜，却唱着饱经忧患的不欲明言的断肠之曲。虽是冯至的饰以诗情，莎子的托辞小草，还是不能掩饰的"。从此，莎子似不再有文艺作品出现在报刊上，而以韩德章这一原名活跃在许多大学的讲坛上或关于农业的经常性活动中，并著称于世。他大学毕业，即赴河北定县，在晏阳初、孙伏园等平民教育家领导下从事平民教育。韩德章在定县平民教育促进会任农场干事，深入农村，主要做农家（业）经济的实地调查研究。1929年至1935年，韩德章先后担任北平社会调查所、中央研究院、社会科学研究所等机构的助理研究员、研究员（1934年至1935年兼任清华大学法学院社会科学系讲师）。从1935年开始，他先后任广西省政府经济委员会专门委员、国民政府实业部农本局专员、广西大学农学院教授、国民经济研究所研究员（一度兼任重庆大学商学院银行保险系教授）、复旦大学农学院教授、清华大学农学院农艺系教授。北平和平解放后，韩德章主要在北京农业大学农业经济系任教授，一度兼任农经系副主任。

韩德章是我国著名的农业经济学家。他早年根据实地调查，撰有《浙西农村的高利贷》《浙西农村的租佃制度》《浙西农村的农产贸易》等文章，并与人合著《中国经济地位统计图》《北平社会概况统计图》等著作，他于1941年由商务印书馆出版的《中国工业化与农业建设》一书，还系统地阐述了自己关于发展中国农业的许多主张。新中国成立后，韩德章笔耕不辍，撰写了《社会主义农业企业组织》《中国近代农业经济史》《关于资产阶级农业经济学的对象、任务》等论著。

韩德章又是颇有贡献的农业教育家，在全国许多著名的高等院校任经济学和农业经济学教授，开课计有经济学、农业经济学、农村合作、农村金融、农业概论、农村调查、农村贸易、社会主义农业企业组织、中国近代农业经济史、农业经济专业英语等十余门，为我国培养了许多经济学和农业经济学高级专门人才。

韩德章还有深厚的文学和音乐功底，精通英语、法语、西班牙语和世界语等多种语言文字。他根据《鲁迅小说选集》的世界语、英语、法语和西班牙语等新旧译本，经过比较、考证和研究，在《世界语月刊》1984年1月号、2月号发表了《论〈鲁迅小说选集〉世界语新旧译本中的植物名称》一文，是他对鲁迅研究的独特贡献。他还撰有《植物的拉丁学名是怎样世界语化的》等，还参与《世界语汉语词典》的编写工作，所以，韩德章担任中华世界语协会理事等职也是名正言顺的。

此外，韩德章还担任过北京市农业经济学会副理事长、中国农业经济学会理事、中国农学会理事和北京农业大学农工民主党负责人等职务，荣获农牧渔业部、中国农学会等有关部门的表彰。

与鲁迅一面之交的物理学家夏敬农

1929年12月9日《鲁迅日记》载："夜夏康农及其兄来访。"而2005年版《鲁迅全集》第十七卷《日记》第191页虽有"夏康农兄"条目，但无只言片语的注释。夏氏一生为人低调，生前似从来没有同他人谈及与鲁迅的一面之缘，参与编注《鲁迅日记》的我孤陋寡闻，确实没有了解夏敬农教授的生平事迹。最近，有幸拜读了他的哲嗣夏综万、夏瑟如、夏戡原、夏璿若撰写的大作《博学的物理学家——夏敬农教授》，总算弥补了这一缺憾。

夏敬农（1899—1966），湖北鄂城县（现鄂州市）人。书香门第出身，自幼接受良好的传统教育。大约民国初期，夏敬农、夏

康农兄弟前往北京求学。夏敬农进美国传教士办的汇文大学堂中学特别班读书，地点在崇文门内船板胡同，毕业后考入北京工业专门学校。夏氏兄弟亲身经历了1919年五四运动，接受了这场伟大的新文化运动的洗礼。李大钊接手《晨报副刊》后，使之成为介绍进步思想的舞台、宣传新文化的阵地。许多青年萌生了科学救国、实业救国的思想，夏敬农也由此坚定地走上这条道路。针对国民思想愚昧、落后的现状，《晨报副刊》从创刊伊始，坚持在头版显著地位辟科学普及的栏目，其中蒲伯英创办的《开心话》栏目，梁启超、鲁迅等大家积极供稿，时有美文和精彩的科普文章为广大读者争相阅读。夏敬农也在1921年11月20日以"犬儒"笔名发表了《雷祖爷欢天喜地》一文，调侃地指出民间愚昧见解："看见窗门缝里射入电光，便只道是闪电娘娘拿了两面大镜，窥测人性善恶。"接着，形象、生动又通俗易懂地向国人宣传关于电的科学知识：

　　英国出了一位培根老爷，说天上这些雷公电母之流，只要人有力量，都可以捉来当听差当老妈……一位雷祖爷的大冤家对头富兰克林先生出来了……雷氏一族，男女老幼，都被富兰克林先生收服……到人类中来服务……点灯的是他，传话的是他，送信的是他，拉车的也是他；热得受不住了，有他给你当扇；冷得受不住了，有他给你当炉子……从前要为害的，现在人类知识长进了，再决不让他为害，只

> 高高的在房屋上插着长针，雷氏一家无不望而生畏。

夏敬农既有较高的文学功底，又有丰富而科学的物理知识，加以巧妙的结合，在五四启蒙时代，他作出了重要的特殊贡献。

20世纪20年代初，夏氏兄弟等中国先进知识分子联袂赴欧美留学。1922年10月至1927年6月，夏敬农在法国里昂中法大学理学院潜心攻读物理学，后又在巴黎大学搞了一年研究工作。留法期间，他同周恩来、陈毅、赵世炎、李立三等后来的中共领导人亦有友好往来和合作。

1928年学成回国后，夏敬农应聘在上海劳动大学教授物理，亦在暨南大学、大同大学兼课。其时，胞弟夏康农与张友松等在上海筹办春潮书局，于是有了夏氏兄弟1929年12月9日夜访鲁迅的事。翌年，夏敬农应聘出任安徽大学物理系主任兼教授，做了大量开拓性工作。在安大担任教职期间，夏敬农一边认真教书，一边著书立说，他著有《辐射论》《量子论》《光学实验》《热力学及统计物理学》《大气之静力学研究》《量子论之今夕》等物理学专著，大部分是这一时期完成的。他还主编了《物理学词典》，1932年参与发起成立中国物理学会。夏敬农兴趣广泛，在《东方杂志》《科学月刊》《安徽大学月刊》等报章杂志发表科学论文和文学译著。他与夫人杨润余还合译了法国小说《俊颜》。

1937年全面抗战爆发，广大国民流离失所，而夏敬农全家亦加入辗转逃难的队伍，所经历的苦难一言难尽，令嗜书如命的他最痛惜的是留存在安庆的藏书、字画、古董等均毁灭于战火。夏敬农逃至四川大后方，应聘在国立编译馆任自然科学组主任，发挥他的聪明才智和渊博知识，为高等院校编写有关的教科书，还翻译了《大英百科全书》中有关物理学的条目。抗战胜利后，夏敬农应广州中山大学王星拱校长的盛情邀请到该校任物理系教授，为集中精力搞好教学和科研工作，始终坚持辞谢系主任等行政职务。值得一提的是，广州快解放时，有人来电邀请夏敬农去台湾大学任教，并汇寄600元大洋作为赴台川资，但他不为所动，毅然决然回绝并退回汇款，欢迎中大和广州的新生。夏敬农任中大校务委员会委员、广州《物理通报》编辑，在中大被首批评为二级教授，得到省教育厅和中大各级领导的尊重，《中山大学专家小传》就评价"夏敬农教授长期从事教育与科研工作，在国内物理学界享有较高的地位"。平时，他爱学生如子弟，待人谦和，热情关心、爱护和帮助他们全面地健康成长。夏敬农具有中国优秀知识分子的美德，如为人正直、富有气节和正义感等，凡是他的领导、同事、朋友、学生、亲人和与他接触过的人，都对他留有深刻而美好的印象，大家一直缅怀这位很会做人的物理学家。

理学家夏震武

鲁迅在1911年1月2日致许寿裳信中曾提醒这位忠厚老实的挚友："君此后与俅男语或通讯时，宜少愗，彼喜昭告于人，以鸣得意。斯人与纍头同在以斧斯之之迾者也。"俅男，即俅南，一般鲁迅研究工作者认为是蔡元康，而纍头，疑指夏震武。

夏震武（1854—1930），原名震川，字伯定，号涤庵，世称"灵峰先生"，浙江富阳灵峰十庄（今属里山镇）人。理学家、教育家。夏震武出身于书香门第，父夏范金贡生出身，一生讲求程朱理学；母汪氏知书达理。夏震武5岁时就学习《大学》《中庸》等，稍长，师从朱彭年、夏寿嵩等名儒。同治八年（1869），他

以县试第3名考中秀才；同治十二年（1873），又以浙江乡试第38名中举；第二年进京会试为进士。夏震武虽有学问，但思想保守，较为极端，为人性格固执，缺乏与时俱进的思想和精神。八国联军攻陷北京，夏震武应慈禧太后、光绪皇帝之召，奔赴西安。他曾上书，进言"中兴十六策"，反对屈辱求和，建议"奋发自强，任贤才，修政事，明耻教战，运东南之财，练西北之兵，东向以恢复两京"。被引见时，夏震武又面陈和战大计，并直言痛斥荣禄、王文韶等"均不可恃"。夏震武继而连上数折，弹劾王文韶等"表里为奸，挟外洋之势以胁朝廷"。这样，他也触怒许多达官显贵。见清廷最高决策层和议已决，夏震武遂告病还乡。

宣统元年（1909），夏震武当选为浙江教育总会会长，旋兼任浙江两级师范学堂监督。由于他以道学自命，顽固坚持封建遗老的立场，散布"神州危矣，立宪哄于廷，革命哗于野，邪说滔天，正学扫地，髡首易服，将有普天为夷之惧"之类言论，激起鲁迅、许寿裳等绝大多数教师的抵制和反对，教师们一致罢教，并搬至杭州的湖州会馆。最后，夏震武被迫去职，参加这场斗争的25位教师在湖州会馆摄影留念。因为夏氏平时木头木脑、顽固不化，大家给他取了绰号"夏木瓜"，这场斗争也称为"木瓜之役"。夏震武离开浙江两级师范后，赴京在京师大学堂任教，仍对学生发表《勉言》五篇，继续诋毁立宪，污蔑革命。

辛亥革命后，夏震武南归故里，束发古装，以遗老自居。晚年，他"以孔、孟、程、朱公道为天下倡"，在故里筑"灵峰精舍"，聚徒讲学，直至一九三〇年农历五月初一一命呜呼。他作为理学家，遗著也不少，计有《人道大义录》《灵峰先生集》《悔言》《悔言辨正》《衰说考误》《寱言质疑》《大学衍义讲授》《论语讲义》《孟子讲义》《〈资治通鉴后编〉校勘记》等。

鲁迅教育部的同事顾养吾

顾养吾（1882—? ），名澄，字养吾，江苏无锡人。鲁迅在北京教育部任职时的同事。《鲁迅日记》只有两处记载他与顾养吾的往还。1912年，顾养吾任教育部佥事兼总务厅统计科科长。1913年12月8日，鲁迅在是日日记中载述："顾养吾赠《统计一夕谈》一小本，稻孙绘面。"这本小册子大概是顾氏或其任职的统计科编印的，由也在教育部任主事职的钱稻孙绘封面。

其时，周作人翻译了波兰显克微支的中篇小说《炭画》，曾先后投寄上海商务印书馆和中华书局，均未被采用。1914年1月16日，鲁迅借顾养吾招饮的机会，请托他将《炭画》书稿让上海

232

文明书局出版。这天《鲁迅日记》亦有较详记载："晚顾养吾招饮于醉琼林，以印二弟所译《炭画》事与文明书局总纂商榷也。其人为张景良，字师石，允代印，每册售去酬二成。同席又有钱稻孙，又一许姓，本部秘书，一董姓，大约是高等师范学堂教授也。"

后来，顾养吾在北京财政部等处任职。

中国地矿学先驱之一：顾琅

顾琅（1880—1939），原姓芮，名体乾，东渡日本留学时改姓顾，名琅，字石臣，又作硕臣，江苏江宁（今南京市江宁区）人。卓有成就的地质学家。1898年10月，顾琅与鲁迅同时考入南京江南陆师学堂附设的矿务铁路学堂（简称"矿路学堂"），寒窗同学三年。1901年11月，又共赴青龙山煤矿（今南京官塘煤矿象山矿区）实习十余天。翌年1月以优良成绩毕业后，顾琅与鲁迅、伍仲文、张协和等高才生经江南督练公所审核、两江总督批准，于翌年4月初由江南矿路学堂总办俞明震亲自带领东渡日本留学。于是，顾琅、鲁迅又是东京弘文学院普通科江南班同学。1904年弘文学院结业，顾琅考入东京帝国大学地质系（矿科），与到仙台医专习

234

医的鲁迅仍有联系。1906年5月，顾琅与鲁迅合编的《中国矿产志》和《中国矿产全图》相继出版。《中国矿产志》由上海普及书局出版发行，该书局在书皮上标榜"国民必读"外又介绍此书说："留学日本东京帝国大学顾君琅及仙台医学专门学校周君树人，向皆留心矿学有年……特搜集东西秘本数十余种，又旁参以各省通志所载，撮精删芜，汇为是编。搜集宏富，记载精确……实吾国矿学界空前之作，有志富国者，不可不急置一编也。"这部书确是应用近代自然科学原理介绍中国矿产的第一部专著。连官方也看好，很重视，清政府农工商部特此"通饬各省矿务议员、商务议员暨各商会酌量购阅"，清政府学部则批准是书"作为中学堂参考书"。至1911年10月，该书先后印行4版，可见其社会认可度很好影响很大，顾琅和鲁迅的合作也是成功的。

1908年，顾琅在日本东京帝国大学获得工科士学位，毕业回国后，先后任直隶高等工业学院教务长，奉天本溪湖中日合办之煤铁公司矿业部部长兼长春矿务监督署首席技正，农商部技正，采金局主任，山东省长公署顾问，山东天源煤矿公司经理，河南新安煤矿公司总工程师，安徽繁昌铁矿总工程师，农商部参事、技监，实业部参事，青岛鲁大煤矿公司高等顾问，奉天省长公署顾问兼奉天复州湾煤矿监理官，国民政府实业部专门委员、技正等职，直至1939年病逝，将他的一生献给祖国的地矿事业。

顾琅在紧张工作之余，深入江苏、安徽、湖北、湖南、江西、河北、河南、山东、辽宁、吉林等全国大多数省份实地调查考察地质矿产资源，撰写了《中国十大矿厂调查记》，1915年由商务印书馆出版，好评如潮，中国地质学创始人翁文灏、中国早期矿务学家邝荣光、民族工业先驱张謇等有高度评价。顾琅及其为祖国地矿事业的努力和贡献，在中国地矿史有重要的地位和作用，这已是业内人士的一致定评。

由于顾琅和鲁迅各忙各的，亦各有重大的成就贡献，两人往还见诸《鲁迅日记》只有民初的4处记载。1912年5月21日《鲁迅日记》载"上午顾石臣至部来访，谢不见"。翌日"晚顾石臣来，纠缠不已，良久始去"。看起来，这两个老同学有点矛盾，话不投机。为学术著作署名，还是其他问题，你、我、他均不得而知了。1915年11月20日、21日为欢送矿路老同学沈康伯赴吉林工作，先是鲁迅"晚与伍仲文、张协和公饯于韩家潭杏花春，坐中又有范逸丞、稚和兄弟及顾石臣"，后是"范逸丞、顾石臣招饮于陕西巷中华饭庄，坐中一如昨夕"。可见老同学的情面还是有的。其实，鲁迅对顾琅的地质专业知识和技能是推崇的。有人在《纪实虞洽卿》一书中披露：1907年《大清矿务章程》颁行后，形成了国内工商界的投资开发热潮，虞洽卿向他的好友、内蒙古赤峰平庄煤矿老板徐天保荐介周树人出任该矿总经理。徐氏欣然电邀周树人北上任职，但被周氏婉言谢绝，向徐氏推荐老同学顾琅，而顾琅应邀到平庄煤矿任职后不负众望，经过一番努力，该矿建成上规模、有效益的新兴煤矿。

顺便也说几句，《中国矿产志》署"江宁顾琅、会稽周树人合纂"，肯定是当时两位编纂者商定的。前些年，学界有些人自觉或不自觉地把鲁迅说成该书的第一作者，其实大可不必，我们还是尊重编纂者的意见和事实为妥。鲁迅虽于1903年10月在日本出版的《浙江潮》发表了《中国地质略论》等有关文章，但在弘文学院结业后，选择医学专业，未及两年，他又弃医从文。而顾琅则从1898年10月进矿路学堂学习地质开矿开始，矢志不移，一直服务于中国矿业，并颇有成就。顾琅更懂行一些，搜集资料也更便利一些，以《中国矿产全图》为例，据詹徐昊、詹庚申等先生考证，原图是日本农商务省地质矿山调查局绘制的。该局除派员到中国实地勘探考察外，又采用德国地质学家李希霍芬在华调查的记载，还参考美国地质学家庞派莱的《清国主要矿产分布图》。日本有关部门规定此图"若枕中鸿宝，藏之内府"。在东京帝国大学攻读地质的顾琅在神保老师那里看到，并"特急转借，摹绘放大十二倍，付之写真铜版，以贡祖国"。神保小虎当时是日本理学博士，1902年曾同日本农商务省地质矿山调查局局长巨智部等到中国做过实地调查，并参与绘制日本版《清国矿产全图》，肯定比美国版《清国主要矿产分布图》要全、精，顾琅他们经过摹绘放大，当然又会补正自己掌握的资料，再制照相铜版印刷，确实是为祖国立有功勋。值得注意的是，《全图》初版时署顾、周二氏摹绘，但再版时改署"留学日本东京帝国大学顾琅"一人所为。据此分析，《中国矿产全图》似是顾氏一人编绘，《中国矿产志》署顾琅为第一作者也是理所当然的。

被徐锡麟刺杀的安徽巡抚恩铭

1907年7月6日，志在覆清的光复会实干家徐锡麟领导的安庆起义，虽因过于仓猝而失败，但亦成功地刺杀了安徽巡抚恩铭等若干官吏。正在日本留学的鲁迅是从《朝日新闻》《读卖新闻》之类的日本报纸得知这件震惊国内外的大事件。他在《朝花夕拾·范爱农》一文中写道："安徽巡抚恩铭被 Jo ShiKi Rin 刺杀，刺客就擒。"2005年版对《范爱农》一文的"巡抚"有注释，笔者以为，对恩铭其人其事亦应加注。

巡抚，又称抚台，系我国明清时地方军政第一把手，相当于现今的省长（市长、自治区主席）或省委（市委、自治区党委）书记，主管一省军政、民政，以"巡行天下，抚军安民"而名。于库里·恩铭（1845—1907.7.6），字新甫，满族于库里氏，世居东北长白山一带，后部分迁至辽宁锦州城东百官屯等地，汉姓为白，满洲镶白旗人。据说，恩铭出身贫寒，幸有锦州名士文格资助，进学读书，仕途也算顺畅。同治十二年（1873），以知县职衔赴山东治理黄河，颇得清廷好感，不仅成了庆亲王爱新觉罗·奕劻的爱婿，而且官运亨通，一路高升。1895年前后，恩铭在山西任太原知府时，绍兴俞廉三任山西布政使，是恩铭的多年老上司，恩铭曾主动投帖，称已为俞氏的门生。后恩铭历任山西按察使、两淮盐运使、江苏按察使和江宁布政使等职，其间参与镇压白莲教起义。1906年升任安徽巡抚。不久，奉旨推行"新政"，确有一些政绩。革命党人徐锡麟特请有亲戚关系的俞廉三为捐资为道员的自己给恩铭写了举荐信，加上徐锡麟办事干练精明，故徐锡麟到安庆后，顺利地出任陆军小学会办，巡警学堂监督。光绪三十三年五月二十六日（1907年7月6日），借巡警学堂举行毕业典礼之际，提前起义，将恩铭打成重伤，很快不治而亡。就私人关系而言，恩铭待徐锡麟不薄，可谓恩师，但徐氏在被捕后坦言他是出于公心，为了推翻清王朝统治。

鲁迅在《朝花夕拾·范爱农》一文中又说到秋瑾、徐锡麟约定同举义旗的皖浙起义不幸失败后，"不久，秋瑾姑娘在绍兴被杀的消息也传来了，徐锡麟是被挖了心，给恩铭的亲兵炒食净尽。人心很愤怒。"他还在《华盖集·补白》一文中谈到皖案的株连："徐锡麟刺杀恩铭之后，大捕党人，陶成章君是其中之一。"

矿业工程师徐式庄

徐式庄（1898—1942），福建屏南里汾溪村人。具庆堂《徐氏家谱》有祖训曰："洁身自好，宽厚待人"，"子孙不论贤愚，家境不论优劣，必令子孙读书"，"怜贫恤孤，量力赈济贫困"……徐父恪守祖训，尽管家庭经济并不宽裕，仍凑钱为两个儿子徐式圭、徐式庄建造一座小书房，聘请塾师到家里教学授课，使他俩

不仅健康成长，有了谋生的本领，而且赓续了中华民族的传统美德，兄弟俩均成才，是为故乡和祖国作出了贡献的乡贤和专家。兄长徐式圭年幼聪颖好学，1915年以优异的成绩毕业于福建省立法政学堂，1921年赴北京参加文官考试，1924年后相继被推选为屏南县教育会会长、戊辰中学首任校长和屏南县参议会议长等，努力服务乡梓，口碑颇好。特别是克服重重困难，与陆品坤、陆骏声、宋焕枢等于1928年共襄创办了屏南第一所中学——戊辰中学（今屏南二中）。

尊师重学的徐氏家风在式圭、式庄兄弟身上发扬光大，徐式庄在福州矿业学校毕业后，先后在江西萍乡、湖北大冶、安徽馒头山和河北开滦煤矿等矿区任工程师。其实，早在格致学校读书时，适逢"五四"运动爆发，他被推举为福州学生代表，参与组织学生联合会。徐式庄一生十分爱国敬业。平时还爱读鲁迅作品，爱好文学创作。1934年4月10日《鲁迅日记》有"得徐式庄信"的记载。原来，时在开滦煤矿任职的徐式庄工余正在看鲁迅编译、刚出版的苏联短篇小说集《一天的工作》，以为一些名词的译法值得商榷，于是不揣冒昧给鲁迅写了信。此后，根据自己的学习心得，他写了《鲁迅避难诗》和许多杂文，如鲁迅研究家许怀中教授在《徐式庄杂文集·序》所言："徐式庄的杂文尖锐、犀利、爱憎分明，鞭挞日军的暴虐，针砭社会痼疾，揭露官场腐败，讽刺富豪的'骄奢淫逸'，抨击文坛弊端。"对于一个工矿专业技术人才，实在难得。

研究苏俄文学的资深教授徐行

1934年10月4日《鲁迅日记》载述："得耳耶信并徐行译稿，即复。"在皇皇数百万言的鲁迅作品中，涉及徐行的就这么一次。耳耶是作家聂绀弩的笔名，徐行的译稿还是通过聂绀弩送到鲁迅手里的。

徐行（1903—1978），原名作圣，改名褐夫，字维谨，号念如，化名王立才、胡良方，徐行是他的笔名，江西修水县渣津镇东堰村人。我国研究俄苏文学的资深教授。1920年，徐褐夫考入江西省立第一师范学校。1923年10月21日，赵醒侬等9名社会主义青年团团员在南昌开会，成立中国社会主义青年团南昌地方执行委员会，选举赵醒侬为委员长，徐褐夫当选委员。1925年毕业后的第二年，他被选送到苏联莫斯科东方大学研究班深造，毕业后留校任政治教员。1928年加入苏联共产党。1928年9月至1930年12月，徐褐夫在莫斯科中山大学搞编译工作。而在国内的兄长徐光华是修水县最早的共产党人，曾任修水县总工会委员长，因组织工农暴动，为秋收起义部队筹集粮款等被敌人杀害。1931年回国后，他在上海化名王立才、胡良方，多次参与"突破白色恐怖"运动。1935年至1937年，徐褐夫先后在上海外论编辑社、航空委员会、新中中学工作，并以"徐行"笔名发表文章，参加"两个口号"的讨论，与鲁迅的交往也在这一时期。抗战胜利后，因支持西北大学的学生运动，当局悍然"解聘"同情和支持学运的徐褐夫等教授，并扬言所有国立院校一律不得"聘请"这些人员。幸有兰州大学辛树帜校长利用自己的社会影响和威望，照样聘请徐褐夫到兰州大学俄文系任教，还请他当系主任。

新中国成立后，徐褐夫被毛泽东任命为西北军政委员会文教委员会委员、兰州大学接管委员会主任兼校务委员会副主任、副校长；1953年3月，周恩来任命徐褐夫为西北师范学院副院长。此外，他当选过兰州市第一、二届人大代表，甘肃省第一届人大代表，并被聘为甘肃省政协委员。徐褐夫一生勤奋和严谨治学，通晓英、俄等五种语言，著译颇丰，主要著作有《实验主义是帝国主义的反动哲学》《苏联五年经济计划》等，译作有《东方的战祸》《日德意集团》《考古学》等。徐褐夫学术造诣深，对于后辈甚为提携，当代著名美学家高尔泰等均对他留有深刻而美好的印象。他在晚年还将购置、珍藏多年的汉砖、铜印、铜镜、玉器、弩机、古币等77件贵重文物慨赠给甘肃省博物馆。

中国古典戏曲研究专家徐沁君

徐沁君（1911—2001），名瀛，字沁君，江苏靖江人。唯一记载他与鲁迅交往的是1929年6月21日《鲁迅日记》："寄徐沁君信并稿。"2005年版《鲁迅全集》第十七卷第198页徐沁君条注释亦十分简略，说他当时为"上海某私立学校学生"，值得补正。

说起民国时期的私立学校，面广量多，实际作用也非常重要。顾名思义，私立学校由私人筹资开办，包括校址选定、校舍筹建、校名确定、设施设备和教学仪器购置、学科设置、教材编写选定等均由校长、校董事会议决，教师一般由校长聘任，国家和政府是提倡和支持，基本上不干预私立学校校务，有时在财力方面适当补助。徐沁君当年就读的是上海私立知行学院，是遵循爱国教育家陶行知的教育理念创办的。1929年他在该校读书，爱好文学写作，冒昧地给鲁迅写信并寄去文稿，只是在《鲁迅日记》中失记日子，可惜徐沁君也没有把6月21日鲁迅写给他的信保存下来。1930年毕业后，徐沁君主要在中学从事语文教学工作，先后在四川胜武中学、江津中学、重庆南岸中学、江苏靖江私立苏北中学、江左师范学校、靖江中学、江阴南菁中学等校任教。1949年新中国成立后，他历任江苏靖江中学、南通师范学校、扬州中学、泰州中学等语文教师。1957年，徐沁君调任苏北师范专科学校中文系，从事中国古代文学教学和古代戏曲研究。苏北师专后改扬州师范学院，即现今扬州大学。1988年，他被评聘为教授，第二年荣休后又返聘担任博士研究生指导老师。徐沁君长期从事大学中学文科教育工作，又一直坚持我国古代戏曲研究，是有名的古代戏曲研究学者。

早在青年学生时代，徐沁君对我国古代词曲已十分喜好，购置了《元曲选》《元曲选外编》《六十种曲》《南词新谱》等中华书局、开明书店版一部部巨著啃读。据他自述，是在王国维、郑振铎等尤其是扬州籍任中敏的影响、鼓励下进入研究领域的。这一时期，他的学术兴趣较为广泛，甚至创作新诗去发表。徐沁君写信并寄文稿给鲁迅，也热切地希望能得到鲁迅的指导、帮助。

中年开始，徐沁君把曲学作为主攻方向。在极左路线影响下，特别是1966年开始，他被下放农场从事繁重的体力劳动，资料收集、时间和精力均面临重重困难、障碍，但仍坚持曲学研究。

以他这一时期整理出版的《新校元刊杂剧三十种》为例，另一个最大的困难是，元刊有大量的破体、讹误、假借字，历史久远造成的文字漫漶现象也很严重，行内许多专家一致认为此书"极难校勘"。徐沁君誓言啃下这一硬骨头，甘坐冷板凳，竭尽心力，据其弟子许建中教授统计，"先生用于校勘的著作达21种，基本包括了古今中外与此相关的全部资料；坚持'以曲证曲'的原则，多引证本剧或其它杂剧的材料，以及古今专门研究元曲语言、宋元俗语方言的成果，妥善处理元刊本的错误和疑难问题；以对曲律的精熟来分辨、区别曲文与宾白，改订曲牌的误题和空缺，比勘细密，详出标记；难解之处，标注'待考'"。徐沁君在每一剧本之前，写有"剧情说明""剧中人物表"，便于读者、观众阅读、理解。《新校元刊杂剧三十种》由中华书局1980年出版后，立刻轰动国内外学术界，好评如潮。这项成果理所当然地荣获江苏哲学社会科学优秀成果奖二等奖、1990年国家古籍出版三等奖和1995年国家教委人文社科研究优秀成果二等奖等。

20世纪80年代又焕发了徐沁君的学术研究青春，他老当益壮，先后编写《元北曲谱简编》作为《元曲鉴赏辞典》附录，1990年由上海辞书出版社出版；作为副主编，与王守泰主编等编撰大型学术专著《昆曲曲牌及套数范例集》，其中南套卷计177万言，1994年由上海文艺出版社出版，北套卷计150万言，1997年由学术出版社出版；1994年开始，徐沁君编撰《南曲曲谱简编》（后易名《南曲曲牌》）与《元北曲谱简编》（后易名《北曲曲牌》），收录于《中国曲学大辞典》，1997年由浙江教育出版社出版。虽然徐沁君还有其他研究成果散见于一些报刊，甚至有许多未刊稿，但是上述他的古代戏曲研究成果（包括工具书）已足以证实徐沁君为祖国宝贵文化遗产的整理、研究贡献甚伟。

"免疫学之父"——爱德华·琴纳

在当今社会，人们已很难看到长着麻脸的人，年轻人也确实都不知道何为种痘了。要知道，在1980年10月25日，世界卫生组织（WHO）宣布全世界已彻底消灭天花之前，全世界人民对这种传染性极强、死亡率很高、对人的身体健康危害极大的疾病曾经是束手无策，对此病已经感到十分恐惧。鲁迅撰有《我的种痘》一文，他所说的"种痘"，即"种牛痘"，因此法来自西洋，所以鲁迅小时候人们称之为"种洋痘"。对应"洋痘"之说的，不是"土痘"，却是种痘的土法，或曰古法，他有亲身经历和感受，说："将痘痂研成细末，给孩子由鼻孔里吸进去，发出来的虽然也没有一定的处所，但粒数很少，没有危险了。"然而，国人对这种先进而

249

有效的防治方法往往采取回避或不接受的消极态度。如20世纪20年代，鲁迅在北京世界语专门学校业务授课时，带头撸起袖子"种痘"，也得不到青年学生的热烈响应，令人唏嘘。

1934年11月6日，鲁迅又写了一篇题为《拿破仑与隋那》的短小杂文，从杀人者与救人者比较的独特视角抒发他的见解。他说：

> 我认识一个医生，忙的，但也常受病家的攻击，有一回，自解自叹道：要得称赞，最好是杀人，你把拿破仑和隋那（Edward Jenner，1749—1823）比比看……
>
> 因为他们三个（指拿破仑、成吉思汗、希特拉——引者），都是杀人不眨眼的大灾星。
>
> ……自从有这种牛痘法以来，在世界上真不知救活了多少孩子，——虽然有些人大起来也还是去给英雄们做炮灰，但我们有谁记得这发明者隋那的名字呢？

显然，鲁迅是面对"杀人者在毁坏世界，救人者在修补它，而炮灰资格的诸公，却总在恭维杀人者"的现实有感而发的。他的头脑很清醒，并警告那些盲目崇拜、恭维拿破仑辈杀人者的国人：

> 这看法倘不改变，我想，世界是还要毁坏，人们也还要

吃苦的。

而对于为人类作出卓越贡献的隋那却被遗忘，得不到全社会应有的尊重和颂扬，鲁迅表示了极大的遗憾。他认识的那位医生忙于为人诊治疾病，却"常受病家的攻击"——今人常说的医闹，心中愤愤不平，所说的气话竟然也有合理的成分，才被鲁迅以此为例说明问题。

爱德华·琴纳，鲁迅在文中写作隋那，又译詹纳，通译琴纳，1749年5月17日诞生在英国格洛斯特郡伯克利牧区的一户牧师家庭。他5岁丧父，与同样当牧师的兄长相依为命。琴纳的青少年时代，天花这个可怕的瘟疫病魔肆虐着整个欧洲，所见所闻令他心惊，特别是感染病毒，使他更有了切肤之痛。从鬼门关逃回人间后，少年琴纳立下誓言：长大后当个好医生，根治这一恶疾。他拜名医为师，勤学好问，青年时代获得圣安德鲁大学医学学位，人到中年已是格洛斯特郡名医。

18世纪，天花是英国人死亡的主因。琴纳刻苦钻研，还善于思考，行医几十年仍念念不忘他早年的誓言。琴纳的故乡是牧区，他注意到：奶牛患了类似天花的病，挤奶女工难免接触奶牛身上的疱疹而感染，也会生发出疱疹——人称"牛痘"，而感染者并未得天花致死或留下后遗症麻脸。琴纳发现这个惊人的现象后，经他在多种动物身上试验，验证了患过牛痘者不会出天花的事实。1796年5月的一天，琴纳大胆地将挤奶女工手上的牛痘提取物，接种到一个男童胳膊上，事实表明，男童没有任何天花病征，她又在男童手臂上注射天花病患者的脓液，男童也没有再患这种可怕的病，说明琴纳此举为人类获得了防御天花的有效疫苗。他也因此被誉为伟大的科学发明家和人类生命的拯救者。

琴纳战胜天花病魔是对人类的重大贡献，并由此开拓了免疫学，揭示一切传染病都得预防，鼓舞更多的科学家不懈地开展传染病研究。他在《关于牛痘预防接种的原因与后果》一书首次使用病毒一词，使我们坚信预防接种最终可达到良好结果。由于发明牛痘接种防治天花和其他的医学成果，琴纳于1789年当选为英国皇家学会院士。

教育部同事谈锡恩

谈锡恩系鲁迅在北京教育部任职时的同事，鲁迅在社会教育司，谈氏时任教育部普通教育司佥事，两人应是稔熟，而见诸鲁迅作品，仅在1915年1月16日《鲁迅日记》有记载："晚约伍仲文、毛子龙、谭君陆、张协和五人共宴刘济舟于劝业场玉楼春饭店。"刘济舟为鲁迅在南京江南陆师学堂附设的矿路学堂和日本东京弘文学院的同学，想来谈锡恩也是刘济舟的同学或熟人。不过，鲁迅在日记里将谈锡恩误作"谭君陆"了。

谈锡恩（1874—1950），字君讷，湖北兴县古夫人。出身书香门第，1889年考入武昌经心书院，1901年转两湖书院学习。

次年公费留学日本，1908年学成归国。民初在教育部任佥事。1918年调任国立武昌高等师范学校校长，在任13年。1919年"五四"运动爆发，武汉乃至湖北是以武昌高师学生为首，奋起抗议。谈锡恩同情、支援爱国学生运动的积极立场，有告贷资助学生进京请愿、多方奔走使被当局查禁的校刊得以解禁等行动。

1931年，谈锡恩调任湖北省图书馆馆长。不久日本帝国主义侵华野心毕露。1938年夏，日军侵犯武汉，日机频频空袭，湖北省政府拟西迁恩施。为省馆大量藏书免遭战火洗劫，已过花甲之年的谈锡恩四处奔走，多方求告，甚至毁家纾难，终于将15万册藏书，包括300余种宋代以来的原刻本、精藏本和各种拓本、抄本，以及1万余册杨守敬藏书、遗稿，辗转宜昌、秭归，历时11个月，最终安全转移到相对安全的峡口镇游家河。为保华中文脉，谈锡恩不顾年老体弱，不畏艰险，用船运、骡马载、肩扛人挑，将近二十万藏品妥善保存下来，赢得了后人的交口称赞，也获得了"湖北名人"的美誉。

第一位为中国抗日战争捐躯的"洋烈士"肖特

　　鲁迅署名"何家干"在1933
年2月5日《申报·自由谈》上发
表了《航空救国三愿》的杂文，
说："看过去年此时的上海报的人
们恐怕还记得，苏州不是有一队
飞机来打仗的么？后来别的都在
中途'迷失'了，只剩下领队的洋
烈士的那一架，双拳不敌四手，
终于给日本飞机打落，累得他母
亲从美洲路远迢迢的跑来，痛哭
一场，带几个花圈而去。"他所说的"洋烈士"是谁？他的生平
事迹如何？他的座机被"日本飞机打落"又是怎么一回事？

　　罗伯特·麦考利·肖特（1904.10—1932.2.22），中文名肖
特、肖德等，他就是鲁迅所说的洋烈士，是第一位在中国领空对
日空战中牺牲的外国飞行员。美国华盛顿州塔科马市皮尔斯县

255

人。肖特8岁时，狠心的父亲抛弃了肖特及其母亲伊丽莎白、姐姐伊莎多拉、弟埃德蒙，这个单亲家庭的生活是异常艰辛困苦的，不久姐死于猩红热，弟出于无奈被人领养，肖特从小懂事，也分担了家庭的责任。为了照顾母亲和弟弟，他放弃了读大学的机会，于1928年1月考取了加利福尼亚州的初级飞行学校，接受六个月的飞行训练。为了照顾家庭，肖特放弃了高级飞行训练的机会，选择了退伍，到洛杉矶国际机场任指导员，为洛克希伍德公司进行飞行试飞，有时则为私人飞机进行指导，甚至还在多部好莱坞电影中展示飞行特技。他这样做，一方面出于家庭利益考虑，也说明他的飞行技术有相当水平。1931年2月，肖特来华为美国波音公司推销 Boeing-218 驱逐机并兼任试飞员，也常常进行飞行特技表演。7月，为加强培养空军军事人才，国民政府航空署在航空班的基础上扩建航空学校，他因飞行技术精湛被聘为航校教官，帮助中国训练空军。1932年1月28日，日本海陆空立体攻击上海，肖特目睹日军暴行，曾写信告诉母亲："闸北的战火染红了天际……城里拥挤着大量的难民。日军真是铁石心肠，你无法想象这场战争有多么残酷！""永不熄灭的爱国热情与决一死战的精神，能让中国拥有外部世界的尊重。"他不愿再置身事外，眼睁睁地看着无辜的中国民众被日军残忍杀害。富有正义感的肖特曾在一次记者采访时说过：如果牺牲在战斗机里，我会感到幸福。可是，谁能想到竟一语成谶！

　　"一·二八"淞沪战役打响后，为配合十九路军，中方尽管

256

在空军战力、武器装备方面处于绝对劣势，仍从杭州、南京、苏州等地出动飞机助战。2月19日下午，肖特驾机从上海赴南京途中与日军"凤翔"号航母飞行队发生遭遇战，他与3架日机激战十余分钟，最后击伤2架日机后凯旋安返南京。22日下午，肖特驾驶波音218型战斗机随中国一支8机飞行编队由南京飞赴杭州。他在途中与编队失联后，遭遇3架舰载攻击机和3架舰载战斗机组成的日军飞行队，以一敌六，肖特毫无畏惧，勇敢地主动攻击，成功地击落舰载攻击机队队长座机后，亦身中多弹，坠机在苏州东郊高垫村附近，他牺牲时年仅28岁。

肖特牺牲后，其英勇事迹很快见诸报端，成为轰动全球的国际性新闻。不仅国内的《申报》《大公报》《益世报》《时报》等大报小报有铺天盖地的报道，而且美国、英国等同盟国甚至日本的报纸也将之作为重要新闻报道。蔡廷锴等十九路军将领向肖母伊丽莎白及其弟埃德蒙当即发出唁函：肖特"是为人道和正义而牺牲的，罗伯特·肖特的名字将永载史册，他的功勋会永远留在所有中国人的记忆中"。4月24日，肖特公葬仪式及追悼会在上海隆重、庄严举行，全市下半旗志哀，数千名中外人士执绋。在虹桥机场又举行军葬，美国飞行员纳莫基驾机低飞志哀，盘旋10分钟。是日还摄制了纪录片《肖特义士荣哀志》。陶行知、李公朴、冯玉祥等名人均用诗文歌颂肖特"万世流芳不朽"。

中国人民没有忘却这位"洋烈士"，南京紫金山航空烈士公墓有肖特的衣冠冢，苏州建有肖特纪念馆。2014年9月1日，中华人民共和国民政部公布第一批300名著名抗日英烈和英雄群体名录，包括8位外籍义士，肖特赫然名列其中。

今文经学家崔适

鲁迅在《汉文学史纲
要·第十篇 司马相如与
司马迁》中谈到刘歆等人续
《史记》之事时，曾引述他在
《史记探源》中的见解，说：
"《汉书》亦有出自刘歆者，
故崔适以为《史记》之文有
与全书乖，与《汉书》合者，
亦歆所续也；至若年代悬隔，

章句割裂，则当是后世妄人所增与钞胥所脱云。"崔适年长鲁迅
一辈，在北京大学任教过，又是有相当知名度的今文经学家、史
学家，还有不少著作面世，鲁迅与崔适应该是熟识的，也有机遇
直接往还，可是，数百万言的鲁迅作品就只有在《汉文学史纲要》
中提及崔适。

崔适（1852.6.27—1924.8.12），字怀瑾，号觯庐，浙江

吴兴菱湖镇人。近代著名今文经学家、历史学家。清同治七年（1868），杭州诂经精舍复课，晚清大儒俞樾承阮元、王昶、孙星衍遗绪专课经义，尤重训诂校勘，崔适亦得以肄业其间，成为俞樾高足。诂经精舍将课艺佳者陆续编刻刊行，据林辉锋先生考证，崔适计有《体信足以长人解》《总角之宴解》等10余文刊载于《诂经精舍课艺》，"解经常冠其曹，一时声誉鹊起"。1890年，章太炎曾入诂经精舍师从俞樾，所以，崔适与章太炎亦为同窗学友。

本来，崔适也走当时士子常走的"读书—取仕—做官"的正路，只是考取秀才后，乡试屡屡不第，遂"绝意进取，以穷经为务"。为谋生计，崔适外出南浔、杭州等地坐馆教书，间亦为上海某书店编辑《皇朝五经汇解》。民国初年，包括钱玄同在内的浙籍学人左右北京大学校政，崔适才于1914年秋应聘至北大文科哲学门任教。由于当时北洋军阀执政，政局动荡，新旧思想、学术之争激烈，崔适归于"尊孔"旧学之列，来自新派师生的压力亦很大，1920年北大校方取消"公羊学"课程，他被解聘失了业。再加上崔适口吃不擅讲课，马裕藻等虽有心帮忙，聘至国文系工作，但他最终还是离开北大讲台。崔适幼年失去双亲，中年丧妻，命运十分坎坷。他离开北大后，先后寄居在湖州会馆、绍兴县馆，一贫如洗，衣食无继，孑然一身，犹编《五经释要》一书。崔适于1924年8月12日在北京绍兴县馆病逝，案头上还放着尚未完稿的《五经释要》。连他的后事也是钱玄同等弟子、同乡料理的。

崔适一生命运坎坷，而刻苦学习和治学不辍，终成大家。著述甚丰，计有《史记探源》《春秋复始》《觯庐经说》《论语足徵记》《四禘通释》《五经释要》等书。

童稚时代与鲁迅有过交往的气象学家章小燕

右为章小燕

　　章小燕（1925.1—2024.3），后改名淹，《鲁迅日记》和鲁迅1927年5月30日致章廷谦信中几乎都作"小燕"，浙江上虞道墟人。鲁迅的学生、作家和教授章廷谦（川岛）的长女。除了1927年5月30日致章廷谦等许多信中鲁迅特地写有"斐君兄和小燕兄均此请安不另"的问候语外，《鲁迅日记》有4处谈及她。1928年

7月中旬，鲁迅、许广平夫妇由许钦文陪同作杭州之行，章廷谦和郑奠则在杭州参与热情接待。鲁、许抵杭第二天，即13日"晚斐君携小燕来访。矛尘邀诸人至功德林夜饭"。15日，鲁迅亦还礼答谢，"午邀介石、矛尘、斐君、小燕、钦文、星微、广平在楼外楼午饭，饭讫同游虎跑泉，饮茗，沐发"。1929年7月17日，鲁迅收到了"矛尘信并小燕照相一枚"。1931年7月6日下午，章廷谦、孙斐君夫妇带章小燕、章武姐弟往访鲁迅、许广平，"并赠桃子一合，茗一斤"，鲁迅则赠"皮球一枚，积木一合"等玩具给小燕、章武俩。

章小燕后改名为淹。高中毕业后看《居里夫人传》，对居里夫人甚为感佩。在父母亲和当时的邻居吴大猷、饶毓泰等著名的物理学家鼓励、支持下，章淹考取了西南联大物理系。不久，她发现天气状况的好坏同日本飞机是否轰炸昆明大有关系，"觉得天气预报挺重要"，于是，从物理系转到气象系。章淹是班上唯一的女生，作为西南联大气象系第一届毕业生离校后，到华北观象台工作。1949年，她参加了开国大典气象预报工作，为这一历史性的伟大事件成功举行提供了精准的气象保障服务。章淹又是新中国水文气象交叉学科的主要创建者、开拓者。她实地考察河南驻马店"75.8"溃坝现场等，更加增强章淹从事气象科研的使命感，章淹从实地天气预报业务的需求中选择科研课题，并将科研成果尽快地应用于提高天气预报准确水平上。几十年的实践表明，章淹在突破暴雨预报这一世界性难题方面成绩斐然。20

世纪70年代中后期，章淹主持长江中下游暴雨试验基地科研工作，在整个梅雨季节，不顾家累，她吃住在试验基地，收集、整理、分析第一手水文气象资料，她是一个工作狂，这是同事们对章淹的共同印象。她还是我国中尺度气象学的开创者和领军人物之一。

1984年，中国气象干部培训学院成立。1986年章淹也从中国气象科学研究院调到该院工作，认真教学和研究，为培养气象学高级人才工作到近80岁才离岗。章淹教授兢兢业业，毕生从事中尺度气象学和数值预报等方面的研究，她的学术成果和令人感佩的预报工作精神、经验，又滋养许多中青年研究人员和学生。因此，章淹也获得北京气象学院研究生部教授及院学术委员会主任、北京市科协常委、中国气象学会常务理事、中国水利学会水文气象委员会主任、北京气象学会理事长、北京减灾学会副会长等头衔。2021年，她又荣获中国气象服务协会气象科技奖风云成就奖。

记录鲁迅在暨南大学演讲的章铁民

章铁民（1899—1958），字造汉，笔名古梦，安徽绩溪湖村人，非浙江淳安人。现代作家、翻译家。肄业于建德浙江省立第九中学，1917年考入北京大学理科预科，翌年入该校数学系学习。1921年，与章衣萍、胡思录在北大成立读书社，亦系北大音乐研究会的干事，1922年从北京大学毕业。1927年，任上海暨南大学事务处出版科主任兼中学部教员和南洋文化事业

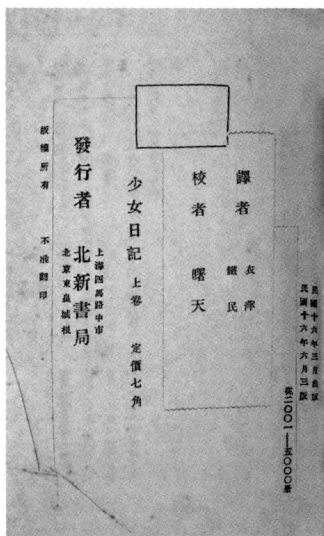

章铁民译著《少女日记》

部助理，与章衣萍、汪静之等成立秋野社。与鲁迅、胡适等文化名人多有交往。单鲁迅到暨南大学讲演就有三次，1927年11月6日上午，他应老友夏丏尊邀请，到暨南大学同学会租用的上海福州路兴华楼饭店作了《关于文艺创作和读书方法》的讲演，慕

名而来的暨南学子很多；1927年11月26日《鲁迅日记》记载"下午小峰、衣萍、铁民来"。很可能是面邀鲁迅再次演讲。是年12月21日，亦为秋野社社员的章铁民将这天鲁迅的演讲《文学与政治的歧途》记录下来，发表在1928年1月1日出版的第三期《秋野》上。这次讲演，鲁迅指出了文艺与政治的冲突，影射了当时统治者的专制作风；1929年12月4日，鲁迅第三次到暨南大学作了《离骚与反离骚》的演讲。他从中国古代诗人的发牢骚谈起，论证了离骚就是发牢骚，分析了古往今来发牢骚的各种方法与策略，并一一予以讽喻。这一讲题表面上是古典文学论题，但隐含着古为今用的深意。1936年，章铁民在山东青岛中学任教。抗战期间，他在中央陆军军官学校（第19期）第四分校任上校秘书（汪静之亦在该校担任同上校教员）。1947年，章铁民去了海南。据说，海南解放前夕是周作人发去电报要他留下的。新中国成立后，他主要从事文史研关工作。1958年，章铁民因故被杀。胡适由于同乡关系，又认为章铁民有才气，对章氏甚为关心、爱护（他在胡适家里借住过三年），章铁民被胡适称为"百科全书"。章铁民著译存世不多，仅有1933年1月2日在汕头为其三弟章铁昭《铁昭的诗》所写的序和《少女日记》《饥饿》等译著。

美籍华裔作家、翻译家梁社乾

George Kin Leung（中文名梁社乾，1899.7.17—1977.1.11），祖籍广东新会（梁，在粤语中通常拼作"Leung"即为证据）。其父母均出生于香港，后移民入籍美国。戈宝权可能被上海《密勒氏评论报》1936年发行的《中国名人录》（*Who's Who in China*）所误导，把梁氏生年误作1889年，致使1981年版、2005年版《鲁迅全集》亦以讹传讹。《异域的体验 鲁迅小说中绍兴地域文化英译传播研究》一书作者汪宝荣曾通过梁氏在美国的直系亲属核实，梁社乾1899年7月17日生于美国新泽西州大西洋城，1977年1月11日在纽约去世。1918年，梁社乾在大西洋城中学毕业后，考入加州某大学攻读戏剧和音乐，后因家庭变

故 —— 在大西洋城从事进出口贸易的父亲过世，给他留下一大笔遗产，遂于20年代初返回祖国，根据个人的兴趣爱好，致力于中国传统戏剧的英译与研究，一生勤于笔耕，是一位多产的作家、翻译家和学者。1924年，梁社乾用英文翻译了苏曼殊的小说《断鸿零雁记》，上海商务印书馆出版后销量不错，很快便再版。正是鲁迅在国内外享有的盛誉、作品的主题和语言风格等，促进了他从1925年开始对《阿Q正传》的首次英译和介绍。4月29日开始和鲁迅联系，鲁迅5月2日收到梁社乾来信，又于6月14日收到他的第二封来信和两本《阿Q正传》"誊印本"。鲁迅费时六天为其审订校阅，于6月20日将校正稿寄还梁氏。鲁迅还应梁社乾的请求，于7月4日去中央公园同生照相馆摄影两枚，并在13日选取一帧寄给他供出书所用。1926年梁译《阿Q正传》由商务印书馆出版，为感谢鲁迅的支持和帮助，他于12月11日特寄赠样书六本。据《鲁迅日记》统计，从1925年5月2日至1926年12月11日，两人书信等往还12次，梁社乾给鲁迅写信7封，鲁迅给他复信4封释疑；梁社乾与鲁迅互赠过照片，《呐喊》出版后，鲁迅也赠他一册存念。梁社乾首次英译《阿Q正传》是成功的，1927年、1929年出了第二、三版，1933年在听取包括鲁迅在内等人的意见后梁氏又作了修订，出了第四版。在该版基础上，于1936年、1946年重印。2002年，致力于出版成名作家作品的美国 Wildside 出版社据此版英译本出版发行新版，足见梁社乾的这一英译本近一世纪来仍有较大的影响力和地位。

鲁迅本人对梁社乾的《阿Q正传》英译本持基本满意的态度。1926年12月3日致许广平信中说："《阿Q正传》的英译本已经出版了，译得似乎并不坏，但也有几个小错处。你要否？如要，当寄上，因为商务印书馆有送给我的。"他在同一天撰写的《华盖集续编·〈阿Q正传〉的成因》中又说到认可的态度并指出两处"小错"："英文的似乎译得很恳切，但我不懂英文，不能说什么。只是偶然看见还有可以商榷的两处：一是'三百大钱九二串'当译为'三百大钱，以九十二文作为一百'的意思；二是'柿油党'不如译音，因为原是'自由党'，乡下人不能懂，便讹成他们能懂的'柿油党'了。"确实，梁译本固然以直译见长，但他在20世纪20年代中叶，在毫无前人资料可资借鉴的情况下从事英译，已实属不易，我们不可苛求于他。作为《阿Q正传》的第一个英译本，当是厥功至伟的。

1926年，梁社乾致力于中国传统戏剧（尤其是京剧）的研究和翻译。他在梅兰芳家里寓居数月，是梅兰芳的英语老师，参与梅氏访美访苏剧目的选定与翻译。梁社乾之所以深得梅兰芳信任，是因为他精通中、英两种语言，比一般老外的"中国通"更具广阔的戏曲视野和中国视野，当然，与梁社乾被欧美人士和海内外学术界视为中国戏剧艺术的权威很有关系。有人统计，梁社乾出版了《梅兰芳：中国的顶尖演员》《中国今日戏剧》等7册英文图书，在中外英文报刊上发表38篇关于中国戏剧和园林艺术的文章，还有21次英文讲学和演说，为中外文化和学术交流作出了重大努力和贡献。

1937年，"七七"事变发生后不久，梁社乾返回美国，在康奈尔大学、耶鲁大学等高校举办中国传统戏曲讲座。40年代后期在华盛顿特区菲利普斯陈列馆参与中国戏曲演出。他晚年定居纽约，担任纽约市法院专任口译，为不会说英语的中国移民提供翻译等服务，1977年1月11日在纽约逝世。

首位将鲁迅作品介绍到
法语世界的作家、翻译家敬隐渔

敬隐渔（1901—1930？），原名显达，四川遂宁县城文星下街人。父母均系虔诚的天主教徒，父亲敬天文从业中医，又经营一间中药铺。敬隐渔有四位哥哥和一位姐姐，生活十分贫困。1909年，未满10岁的他由母亲拍板送进四川彭县白鹿乡无玷修院当修生。敬隐渔在白鹿修院7年，聪颖的他又勤奋，不仅掌握法语和拉丁语以及西学知识，而且背着修士们学习中文，打下坚实的双语基础。1916年，敬隐渔外出闯荡，在杭州天主教堂逗留期间，结识了戴望舒等亦通法文的文人。在上海徐家汇天主教堂学习和工作时，又结识了郭沫若、成仿吾等创

造社元老，并在郭沫若的"怂恿"下，开始从事文学创作和翻译。

法国作家罗曼·罗兰（Romain Rolland，1866—1944）是1915年诺贝尔文学奖得主，敬隐渔将他的代表作《约翰·克里斯多夫》部分章节译成中文，后在1926年1—3月《小说月报》第17卷第1、2、3期连载。大概在1925年夏秋之交，在罗曼·罗兰的资助下，敬隐渔远赴法国留学。在留法期间，他出于对名作家作品翻译的喜好，也为生活所需，将鲁迅《阿Q正传》《故乡》《孔乙己》译成法文，在《欧罗巴》等法国报刊上发表。1926年1月26日，在敬氏所译《阿Q正传》获罗曼·罗兰荐介得以发表前3个月，他从里昂第一次致函鲁迅（鲁迅2月20日才收到此信），通报《阿Q正传》将在法国发表的信息，并恳请鲁迅同意他翻译。据《鲁迅日记》记载，从1926年2月20日至1927年10月15日，敬隐渔与鲁迅有11次书信等往还，其中敬隐渔写给鲁迅的信有7通，也赠鲁迅刊有《阿Q正传》译文的1本《欧罗巴》和4张画信片；鲁迅亦复信3通，赠寄他4本《莽原》和花15元购得的33种小说。可是，不到30岁的敬隐渔患了忧郁症，并且病情发展很快。1928年10月敬隐渔已被里昂中法大学录取为津贴生，据说1929年7月24日至11月2日的几个月里，曾8次给罗曼·罗兰写信，内容语无伦次，已有越来越明显的精神分裂症，以致1930年初被校方勒令退学，送回上海。敬隐渔回国后，饱受病魔折磨，幻觉严重，颇有"生不如死"的厌世语言流露，20世纪30年代初，有人说他失足溺死，而更多的人认为他投水自尽，以求解脱。据是年

2月24日《鲁迅日记》关于敬隐渔的最后一次记载："敬隐渔来，不见。"笔者分析，鲁迅不愿见敬氏并非因他患病，很可能另有隐情。旅法作家张英伦在古稀之年，辗转中国、法国和瑞士三国，还深入遂宁敬氏故乡调查采访，钩沉了他的许多史料，基本上解读敬隐渔其人其事的"谜"。据张英伦分析，鲁迅和敬隐渔之间心存芥蒂，是由于"一封信的神秘失踪"。1926年2月20日，在北京的鲁迅收到敬隐渔寄自法国里昂的信。信中虽谈及法国文豪罗曼·罗兰对《阿Q正传》甚为称赞，但敬信所说的寄给创造社的罗曼·罗兰评《阿Q正传》的原文却久久不见刊登，这导致原先对创造社已有意见的鲁迅对创造社更加不满，也连累到敬隐渔。关于罗曼·罗兰这一重要的"一封信"，张英伦作了一番调查，认为：

第一，这封信不是罗曼·罗兰给鲁迅的，而是给敬隐渔的。因为如果是给鲁迅的信，"敬隐渔无权，也不会不转给鲁迅而把它擅自公布。更不可能把它转寄给创造社发表"。而且他查遍了罗曼·罗兰的书信总目，里面并没有致鲁迅信的记载。

第二，也不可能是评论文章，因为罗曼·罗兰的文章记录中也无此记载。

第三，这是罗曼·罗兰写给敬隐渔的一封信。有证据表明，1月12日罗兰写信向巴扎勒热特热情推荐了《阿Q正传》，1月23日敬隐渔写信给罗兰表示："感谢您让人发表我的翻译作品。"同日，罗兰修改完敬隐渔的《阿Q正传》译文，感觉"读了第二次"以后比第一次"更觉得好"，于是写信给敬隐渔称赞了《阿Q正传》。24日，敬隐渔又致信罗兰说："感谢您费心修改我的翻译。感谢您对我的夸奖，特别是您的批评。"同日，敬隐渔致信鲁迅，告知了这一切。

第四，关于敬隐渔"原文寄与创造社了"的考察结果是：1月24日这天，敬隐渔分别给罗兰、鲁迅和创造社写了信，而给创造社丢失的信，很可能是因为创造社搬迁而在转递过程中丢失了。

敬隐渔生前创作有《玛丽》，译有罗曼·罗兰巨著《约翰·克里斯多夫》和巴比塞长篇小说《光明》等。是他，第一个将《阿Q正传》等鲁迅作品翻译、介绍到法语世界去，又是他，将罗曼·罗兰、巴比塞等法国大作家的作品翻译、介绍到包括中国在内的华语世界来，在鲁迅与罗曼·罗兰这两个中法文豪之间，在中法两国人民间架设了友好的桥梁，应当为后人所铭记。

著名的爱国民主人士、出版界元老谢仁冰

1945年12月30日，中国民主促进会在上海成立。下右
一为谢仁冰。

说起谢仁冰其人其事，一生干过教育、文化、出版、翻译等
工作，由于知识渊博，均表现得十分出色。从清末拥护和支持孙
中山，参加过中国同盟会和辛亥革命，到抗日救国，直至坚定地

站在中国共产党一边，同呼吸，共命运，参与组建中国民主促进会，他是与时俱进的。他是出版大家张元济的外甥，又是我国著名外交家章汉夫（原名谢启泰，曾任外交部常务副部长）、章启美（曾任我国常驻联合国副代表、联合国副秘书长）的父亲，其亲属和许多亲友对祖国的各项事业均有重要贡献。

谢仁冰（1883—1952），名冰，字仁冰，江苏武进人。据其乡亲说，谢仁冰14岁应童子试即中秀才，后又中举人，但他厌恶在"读书—应试—取仕"这条正路上走下去。早年在教会学校震旦公学就读时，谢仁冰同情和支持民族革命。光绪二十七年（1901），他与庄愈等青年学生在上海设立人演社。其时，海禁洞开，谢仁冰敏锐地看到中西双方的差距实在太大，萌发用手中的笔译介东西新思想和科技知识的想法。清宣统二年（1910），谢仁冰毅然转学到北京京师大学堂译学馆攻读英国文学。毕业已在民国肇建后，谢仁冰在教育部普通教育司任科员、佥事、司长等，其时，鲁迅在教育部社会教育司任科长、佥事等职，两人是名副其实的同事，《鲁迅日记》里至少有三处记载往还。1920年4月2日，鲁迅在其日记中写道："谢仁冰嫁妹，送礼泉一。"说的是章汉夫、章启美的三姑谢纫瑜嫁给时在中国银行任职的郑铁如。1923年，谢仁冰作为中国代表还参加了在美国华盛顿举行的万国教育会议。1924年5月1日，鲁迅在其日记里又载述："得谢仁冰母夫人讣，赙一元。"11日，鲁迅"午后往广慧寺吊谢仁冰母夫人丧"。这些都是礼尚往来，鲁迅与谢仁冰作为教育部同事、友人有如此举动，亦是人之常情。试加分析的话，他俩的往还还是肯定不止这三次。除了在教育部这一最高教育行政机关工作外，谢仁冰一生先后在清华学校、北京大学、法政专门学校、北京师范学校、中华大学和沪江大学等院校教授外语，学生口碑不错。

抗日战争时期，谢仁冰把家属安置在四川大后方，而自己留在孤岛上海，坚持抗日救亡活动，他曾与王绍鏊、冯少山等组织"二酉社"，不仅坚持抗日，而且对外战外行、内战内行的蒋介石开展必要的斗争。抗战胜利后，谢仁冰更加紧密地团结文化教育界、新闻出版界等各界高级知识分子，最终于1945年12月30日在上海成立中国民主促进会，谢仁冰任常务理事一职。1946年"下关事件"后，马叙伦、王绍鏊等民进中央主要领导被迫离沪，由谢仁冰主持上海会务。1948年初，谢仁冰经陈叔通介绍进上海商务印书馆，历任协理、编辑、襄理、经理兼代编审部部长和总管理处经理等职，并接受中共指示，尽力保护商务印书馆的人员财产，使人民政府有关部门得以完善接管。

新中国成立后，谢仁冰当选上海市第一届人大代表，作为社会活动家，他担任上海市民进主委，又是民进中央第1—3届理事，还任华东军政委员会委员、苏南行署委员等职。1952年1月27日（大年初一），忘我地为建设新中国工作的谢仁冰在上海书业同业公会做"五反"动员报告，他不堪其劳，突发脑溢血倒下。

出嫁时鲁迅送过礼的谢纫瑜

左起郑铁如、谢纫瑜、王剑芬，摄于20世纪50年代。

谢纫瑜（1898—1977），江苏武进人，鲁迅在北京教育部工作的同事谢仁冰之妹。谢纫瑜是出身名门的闺秀，系国立北京女子高等师范学校（后改北京女师大）第一届毕业生。1920年4月2日，她与郑铁如喜结良缘，而鲁迅与其兄谢仁冰是要好的同事、朋友，循俗送了贺礼，这就是这一天《鲁迅日记》所载的"谢仁冰嫁妹，送礼泉一"。

丈夫郑铁如（1897—1973.5.18）系我国著名银行家、杰出的爱国民主人士，为新中国的金融外交事业作出了重大贡献。婚后，谢纫瑜主要在家相夫教子。虽为主妇，抗日战争期间，她仍倾力参与了宋庆龄发起的抗日救国"一碗饭"运动。谢纫瑜支持夫君工作，使他无后顾之忧。她也教子有方，子女虽多，但个个都是祖国十分有用的人才。如长子郑儒鍼（1921—1982），生于香港，毕业于香港大学，后又相继留学英国牛津大学、美国哈佛大学，主攻英美文学。回国后历任浙江师范学院和北京师范大学等高校外语系教授。由于郑儒鍼是国内的英语权威，参加了《毛泽东选集》的英译工作，他认真负责，翻译精准，各方面均很满意。对他最了解的王剑芬说他"是一位极有英语才华的天赋学者"。又如女儿郑儒永及其丈夫黄河均系中国科学院微生物研究所研究员，都是国内外著名的系统真菌专家，郑儒永还于1999年当选中科院院士。两夫妻恩爱相伴，无子女，平时十分节俭，一生奉献给科研事业。这两位资深科学家在晚年还将150万积蓄捐献给中科院大学教育基金会，设立永久性郑、黄两氏奖学金，用于激励青年学生在科研道路勤学精研。

力挺孙中山的国民党 "组织教练员" 鲍罗廷

鲁迅清楚地记得：1926年10月17日，戴季陶在出任广州中山大学委员会委员长的就职典礼上，发表过赞同国共合作的演说，并令与会学生向参加典礼的鲍罗廷施行鞠躬礼。在1933年7月19日所写的杂文《官话而已》中，鲁迅又忆述了当时的情景："曾经有人当开学之际，命大学生全体起立，向着鲍罗廷一鞠躬，拜得他莫名其妙。"中国大学生向鲍罗廷行鞠躬礼是对他很尊重，而他对这一中国礼仪不大了解或戴季陶下令行礼事出突然，使鲍罗廷大有莫名其妙、不知所措之感。

鲍罗廷是怎样一个人呢？鲍罗廷真名米哈伊尔·马尔科维奇·格鲁森伯格，米·马·鲍罗廷（М. М. Бородин，1884—

1951）是最多使用的化名。他出生于俄国西部的一个犹太人家庭，早年当过船工，16岁就参加了社会革命，于1903年加入俄国社会民主工党（布尔什维克，即多数派）。由于鲍罗廷积极从事革命活动，他曾于1906年被捕并被沙皇政府驱逐出境，亡命美国后继续参加工人运动，并加入美国社会党，还在美国成了家。直到1918年十月革命成功后才回祖国，在苏俄外交人民委员会工作。1919年3月，鲍罗廷出席共产国际第一次代表大会，接着奉命前往美国、墨西哥、英国等国从事宣传、发展组织等革命活动，但他主要在共产国际远东部工作。1923年，旨在实现统一中国大业的孙中山开始实施"联俄容共"政策并请求共产国际派遣经验丰富的得力人员协助他工作。于是，鲍罗廷、加拉罕来华，鲍罗廷秘密担任共产国际驻华代表、苏联驻孙中山广州革命政府的全权代表，加拉罕名正言顺地任苏联驻北京政府大使。鲍罗廷先后被孙中山任命为国民党"组织教练员"、国民党中央执行委员会和政治委员会顾问，在国民党改组、促进国共两党合作和支持建立黄埔军校等工作中发挥了积极而重要的作用。他负责联系苏联政府派遣军事顾问团，筹措调拨大量资金、武器，多次到黄埔军校介绍苏联十月革命的经验、苏联红军如何开展政治思想工作，参与筹备国民党"一大"会议并力挺孙中山的领导地位。1925年国民政府在广州成立，鲍罗廷被任命为首席政治顾问。翌年，他又被国民党中央执行委员会聘为首席高等顾问，周旋于该党左中右各派势力间，主要是遏制和打击"西山会议派"，当然也有支持限制共产党活动的《整理党务案》、指责"农民运动过火"等错误言行。1927年初现宁汉分裂倾向时，鲍罗廷站在武汉一边，所以"四一二"事变后，他遭到南京国民政府通缉。不过，蒋、汪不久合流，6月17日，武汉国民党中央也解除他的职务。7月，鲍罗廷离汉，10月离华回国后，曾任苏维埃劳动人民委员及英文刊物《莫斯科新闻》主编。

1949年，鲍罗廷受美国左翼记者安娜·路易斯·斯特朗"间谍案"牵连入狱，被认定为苏维埃政府的敌对分子，流放到西伯利亚，于1951年5月29日死于伊尔库茨克。

参与接待到西安讲学的鲁迅等人的蔡江澄

蔡江澄（1891—1973.6.19），名屏藩，字江澄，陕西渭南临渭区南师乡（今故市镇）蔡家村人。8岁入私塾接受传统教育，后考入三原宏道高等学堂学习。其间加入中国同盟会。1911年辛亥革命中，随秦陇复汉军东路征讨大都督张钫多次参战，任同州十县粮台总办，积极为复汉军等筹办粮饷。辛亥革命后，以公费东渡日本留学，途经上海时，有幸结识于右任、张季鸾等名流。赴日后，进明治大学读书。1914年7月，孙中山在东京组织中华革命党，蔡率先加入，并与陕籍志同道合者建立中华革命党陕西支部。当时袁世凯为达到称帝之目的，不惜与日本商签《二十一条》卖国条约。蔡江澄相当愤激，被推举为代表，回

国从事抵制和反对活动，一度遭逮捕。设法获释后，重返日本明治大学就读。1916年，又被派回陕西从事短期革命活动后，再次返日在明治大学政治科继续学习。1919年毕业后回国，任陕西靖国军总司令部军需处处长。同时，参与举办地方自治讲习所等，服务桑梓。1923年，蔡江澄出任陕西法政专门学校校长。同年8月，他与傅铜等人筹建国立西北大学，任筹委会主任兼法学系主任。

1924年7月，陕西省教育厅和西北大学联办暑期学校，邀请鲁迅、王桐龄等13位学者、名流讲学。蔡江澄是这次学术活动的筹备委员会副委员长，指派陕西韩城籍学生王捷三陪同，关照要热情周到。到西安后，鲁迅又得到蔡氏等东道主的殷勤接待。鲁迅讲学的题目是《中国小说的历史的变迁》，听讲者达700人，来自陕西全省各地。鲁迅对于主人的热情照拂，心存感激之情，返京后于8月23日"上午以《中国小说史略》及《呐喊》各五部寄长安，分赠蔡江澄、段绍岩、王翰芳、旮健行、薛效宽"。这在是日《鲁迅日记》亦有记载。

1926年，总司令刘镇华率镇嵩军围攻西安，蔡江澄支持杨虎城部积极抵抗。翌年初，于右任出任陕西省政府主席，蔡应聘任秘书长。后历任陕西省石油管理处处长、南京政府审计院协审、中央赈济会干事、审计院秘书兼总务处处长等职。抗日战争全面爆发后，随机关西迁重庆。次年转任陕西省审计处处长，在故乡参加公祭黄陵大典，积极筹建渭南县立固市初级中学等，为发展教育文化事业作出贡献。

抗战胜利后，蔡江澄继续在"国民政府"任职，任审计部次长、副审计长，还当选"国大"代表。1949年也随蒋氏集团去台，1956年出任台湾当局审计长。1963年卸职后被聘为"国策顾问"，1973年在台北病故。

结缘于北京师大的翟凤鸾与她的两代亲人

翟凤鸾（1900—1950），字潜心，湖南长沙人。《鲁迅日记》里有两处谈及翟凤鸾，1925年10月4日载："夜得沈琳、翟凤鸾信及其家书。"次日又载"上午寄还沈、翟家书"。原来，她俩本来在北京女子师范大学国文系就读，系鲁迅的学生，当时为转学事征询鲁迅的意见，遂给鲁迅写了信。翟凤鸾顺利地转到了北京师范大学国文系。有一湖南祁阳同学谭丕模（1899—1958），于1922年考入北京高等师范学校预科班（翌年改校名为北京师范大学），在1924年或1925年升入国文系，与翟凤鸾成为同窗挚友。1928年毕业后，翟凤鸾到北平公立一中、翊教女中任教。1929年与谭丕模喜结良缘后，也调回母校图书馆工作，同时兼任北平图书馆协会理事等工作。北平沦陷前夕，翟凤鸾携子女南下，历任桂林师范学院、民国大学讲师、副教授。她是谭先生教育和学术事业，当然还有生活上的非常得力的助手。其实，翟凤鸾在古典诗词、文字学、训诂学和新文学理论诸方面亦颇有研究，亦有不少著述，但罕为人知。1958年10月，谭丕模随郑振铎团长率领的中国文化代表团出访时因飞机失事不幸遇难，谭得伶教授等遗属从无限悲痛中走出来，并作出明智的决定，将谭、翟夫妇的藏书捐赠给北师大图书馆。在整理谭、翟两氏遗书和遗稿时也发现一些翟凤鸾遗稿，如《中国文字发展史简编》残本等。目前能看到翟凤鸾公开的出版物似只有1948年出版的《怎样学习国文》一书。

杰出的法学家和法律教育家燕树棠

鲁迅只在《"公理"的把戏》一文中谈及燕树棠，知道他当时是北京大学法律系教授，"大抵原住在东吉祥胡同，又大抵是先前反对北大对章士钊独立的人物"，被人称为"东吉祥派的正人君子"。鲁迅与他不是深交，何况在女师大风潮和鲁迅同章士钊的论争、打官司中，燕树棠也不是与鲁迅站在一起发声的，所以，鲁迅在文中有所提及，略有讽刺意味，但不是他痛斥的重点对象。顺便说几句，2005年版《鲁迅全集》第三卷第181页关于燕树棠的注释，生年似应为1891年，卒年是1984年，应补上。

燕树棠（1891—1984），字召亭，河北定县人。他出身于书香门第，家境优渥。其父燕友三系清末举人，京师大学堂毕业后又东渡扶桑，是一位海归高才生，还当过师范学校校长。燕树棠从小随父学习传统文化，对"天人合一""援礼入法"等我国古代法律核心精神逐渐有所了解、掌握。随着对清末民初的时局和民情的深入观察，他痛感应改人治为法治，祖国之所以羸弱，政治腐败，法制不健全也是一个重要原因，遂以优异成绩考入北洋大学主攻法律。1914年北洋大学法科毕业后，燕树棠曾在北洋政府机关短暂从事文秘工作，即获公费赴美国，先后在哥伦比亚大学、哈佛大学和耶鲁大学等名校攻读法律。1920年他获耶鲁大学法学博士学位回国，如蔡元培所言，当时"精于政法者多入政界"，而"以学术为业"确需奉献精神，燕树棠从此把他的一生奉献给我国的法学和法律教育事业。他先到北京大学任教，讲授法理学、国际公法等课。1925年4月，从英、德留学回国的刘百昭任教育部专门教育司司长。新官上任三把火，他的第一把火就是忠实地执行教育总长章士钊指令，到北京女师大"整顿学风"。刘百昭软硬兼施，一方面恫吓，一方面用简单、粗暴的做法，雇佣流氓、女佣殴曳女学生，结果引火烧身，激起广大女师大师生的反抗和社会舆论的反弹，章士钊、刘百昭、杨荫榆处于十分被动、狼狈的地位。其间，燕树棠等一些北大教授不明事理，发表过不恰当言论，才遭到鲁迅的讽刺和批评。1927年6月，奉系军阀入京，在高等院校里也倒行逆施，致使北大许多教授愤然出走。翌年，南京国民政府以原武昌第二中山大学为基础，改建国立武汉大学。燕树棠应法学家、武大校长王世杰之邀亦南下，出任武汉大学教授、法律系教导主任，主讲外国法律学，也从事法学研究，还兼任中央法制局编审。1932年，燕树棠又北上，兼任清华大学法律系主任外，还是该校政治系和法律系教授，讲授民法总则、法学原理和国际私法。约三年后，他又任北京大学法律系主任。1937年"七七"事变发生后，燕树棠被迫南下到武汉大学任教。未几，随武大西迁四川乐山。1938年7月，北京大学、清华大学和南开大学等校在昆明组建西南联合大学，燕树棠应聘该校法律系教授会主席，讲授国际法等课。在他的苦心经营下，西南联大法律系形成崇尚法治和公正的好风气。燕树棠在此期间支持西南联大政治系教授钱端升创办《今日评论》，主张宪政民主、要求言论自由等。1938年夏国民参政会成立，他一直是参政员。1948年，还任国民政府司法院大法官，但他的所作所为在旧时代是有限的，因此，燕树棠选择回武汉大学执教。即使1949年被要求去台湾，他明智地选择留在武汉大学教书，培养了一代代法学人才。直到1984年2月，这位一代法学名家走完精彩又坎坷的人生道路。

燕树棠认真执教，又严谨治学，著述甚丰，主要有《国内战争与国际责任》《中国领事裁判权问题之常识》《财产观念之变迁》《青年与法律》《法律与道德的关系》《国家与法律》《英美之陪审制度》《法律教育之目的》《公道与法律》等近20种，有利于我国法理学和国际法学等学科的形成及发展。

一生献给英语教育事业的戴敦智

在2005年版《鲁迅全集》第17卷第255页，关于戴敦智的注释十分简略："戴敦智 河北光山人。北京大学英文系学生，《莽原》投稿者。"还把河南的光山错误地说成河北光山。现已有河南社旗县退休高中语文教师王学章了解清楚，戴敦智的生平事迹如下：

戴敦智（1906.3.29—1977），又名季豪，河南南部新县西峰峡村人。1923年高中毕业后即考入北京大学预科，1925年转入英语系，应该是这个时候开始与鲁迅往还。他业余爱好文学，1925年末曾向鲁迅主编的《莽原》投稿。1926年1月6日鲁迅在日记里记载："寄戴敦智信。"鲁迅什么时候收到戴敦智的来信，在《鲁迅日记》里失记；鲁迅"寄戴敦智信"所写的有哪些内容，也因戴氏生前没有提供此鲁迅书信或有关回忆史料而无从知悉。1930年，戴敦智在北大毕业后回到河南，先后在开封、焦作和内乡等地的高级中学担任英语教师。新中国成立后，他相继在河南内乡中学、南阳中学、赊店古镇南阳第一完全学校和南阳师范学校任教。戴敦智的一生献给了故乡和祖国的英语教育事业。他的英语造诣很高，不论是口语，还是笔译、语法，堪称一流。他将丰富的教学经验和重要的英语知识编成《英语语法讲义》，提供给年轻的英语教师学习参考。戴敦智即使在弥留之际，仍念念不忘献身一生的教育事业，自语道："苍天不慭，病夺我意，不能在升平兴隆岁月，为祖国多做贡献，苍天悠悠，曷其有报。"

清代作家魏秀仁

鲁迅在《中国小说史略·第二十六篇　清之狭邪小说》中谈及清代作家魏秀仁其人其事，他不仅看过蒋瑞藻、谢章铤等研究者的有关文章，而且设法阅读了《花月痕》等魏氏本人著作，即便是为了在北京大学等高校的授课内容也好，从编写讲义到正式出版，鲁迅确实耗费了许多心血。

魏秀仁所著《花月痕》

魏秀仁（1818—1873），字子安，又字子敦，号眠鹤主人、眠鹤道人，又号咄咄道人、不悔道人，福建侯官县东门外（今福州市鼓楼区洪山镇东门村塔头）人。清朝作家、诗人。少负文名，年逾二十始入泮，丙午（1846）中举，"然屡应进士不第，乃游山西、陕西、四川，终为成都芙蓉书院院长"。其"著作满家，而

293

世独传其《花月痕》"（《赌棋山庄文集》五）。《魏子安墓志铭》道出了他写《花月痕》的缘由："君见时事多可危，手无尺寸，言不见异，而亢脏抑郁之气，无所发舒，因遁为稗官小说，托于儿女子之私，名其书曰《花月痕》。"关于《花月痕》这一他的代表作的创作过程，则在《课余续录》卷一亦有记载："是时子安旅居山西，就太原知府保眠琴太守馆。……多暇日，欲读书，又苦丛杂，无聊极，乃创为小说，以自写照。其书中所称韦莹字痴珠者，即子安也。方草一两回，适太守入其室，见之，大欢喜。乃与子安约：十日成一回。一回成，则张盛席，招菊部，为先生润笔寿，于是浸淫数十回，成巨帙焉。"

《花月痕》是一部言情小说，描写韦痴珠和刘秋痕、韩荷生和杜采秋这两对才子与妓女的故事。下面这首诗是杜采秋写给韩荷生的：

> 多情自古空余恨，好梦由来最易醒。
> 岂是拈花难解脱，可怜飞絮太飘零。
> 香巢乍结鸳鸯社，新句犹书翡翠屏。
> 不为别离已肠断，泪痕也满旧衫青。

虽然这首诗的本意是说，古往今来，人是富有感情的。有些投入感情多的人，留下遗憾也是不少的，而这种遗憾会持续很长时间，好像看不到终结的样子。在某种意义上讲，用越丰富的感情所编织的越美好的梦却往往令人容易觉醒。不过，人们也能领悟到：不论人的身份怎样、人的遭遇如何，人们对爱情的渴望和真挚，都是感天动地的。只要男女双方同样地坚定，共同努力，只要勇敢地追逐，矢志不移，那么，幸福是定会来临的。

著作等身的哲学家缪子才

缪篆（1877—1939），原名学贤，字子才，号湘仍，江苏泰兴人。著名的哲学家。亦为当代名画家范曾的外祖父（范曾系范子愚、缪镜心的第三个儿子）。鲁迅与缪子才同为章（太炎）门弟子，是鲁迅1926年9月至1927年1月在厦门大学任教时的同事，他俩又有研究佛学等共同爱好，照理，鲁迅与缪子才当有较多的往还，可是见诸《鲁迅日记》，只有1926年11月17日的一次记载："下午校中教职员照相毕开恳亲会，终至林玉霖妄语，缪子才痛斥。"翌日，鲁迅同恋人许广平通信时也谈了此事的经过和看法，故在鲁迅《两地书·七五》留有记载和议论。1926年11月17日下午，厦门大学开全校教职员工恳亲会。会上，身为学生指导长的林玉霖发了一通离奇的"妄语":"先感谢校长给我们吃点心,次说教员吃得多么好,住得多么舒服,薪水又这么多,应该大发良心,拼命做事,而校长如此体贴我们,真如父母一样……"鲁迅听后强压怒火没有发作,性格同样刚直耿介的缪子才当面直言痛斥:"我们……不如妇人孩子,怎么可以这样比喻?!"教员们意见不尽相同,闹得这场恳亲会不欢而散。鲁迅认为这是"一件可笑可叹的事",是"希奇的事情",他所持的意见是同缪子才一致的。鲁迅在《两地书·六〇》中对许广平也谈及他与缪子才等同事应邀参加公宴太虚时的所见所闻:"南普陀寺和闽南佛学院公宴太虚,并邀我作陪,自然也还有别的人。我决计不去,而本校的职员硬要我去,说否则他们将以为本校看不起他们。个人的行动,会涉及全校,真是窘极了,我只得去。罗庸说太虚'如初日芙蓉',我实在看不出这样,只是平平常常。入席,他们要我与太虚并排上坐,我终于推掉,将一位哲学教员供上完事。太虚倒并不专讲佛事,常论世俗事情,而作陪之教员们,偏好问他佛法,什么'唯识'呀,'涅槃'哪,真是其愚不可及,此所以只配作陪也欤。"由此可见,鲁迅素不喜应酬名流,太虚后来说当时鲁迅"沉默无言、傲然自得",实则鲁迅对太虚并无恶感,而是他的性情使然。分析当时的语境,鲁迅说太虚"并不专讲佛事,常论世俗事情",是说出了实情,对太虚根本不是差评。倒是"作陪之教员们"的表现,与当时那班乡下女人来看(太虚)时"跪下大磕其头,得意之状可掬而去"毫无两样。对人,包括名人，理应尊重，如阿谀奉承、言过其实的言辞和行为，已沦为庸俗，愚不可及，令人作呕，更会引起鲁迅辈正直人士的反感。

缪子才和鲁迅虽同为章门弟子、学者，对章师评价亦有歧见。1936年10月9日，鲁迅撰有《关于太炎先生二三事》一文纪念先师。他忆述留日师从太炎先生时说："我爱看这《民报》，但并非为了先生的文笔古奥，索解为难，或说佛法，谈'俱分进化'，是为了他和主张保皇的梁启超斗争，和'××'的'×××'斗争，和'以《红楼梦》为成佛之要道'的×××斗争，真是所向披靡，令人神旺【往】。前去听讲也在这时候，但又并非因为他是学者，却为了他是有学问的革命家。"所以鲁迅主张"战斗的文章，乃是先生一生中最大，最久的业绩，假使未备，我以为是应该一一辑录，校印，使先生和后生相印，活在战斗者的心中的。"章太炎是1936年6月14日在苏州病逝的。当日，缪子才发了唁电。8月19日，他又撰写了《吊余杭先生文》，以太炎平生思想学术功绩为最大，疾呼章氏身后文集之编纂，应选入其早年的战斗性文章（若与马相伯、吴稚晖等论战之文），欲塑造其在世人心目中"粹然儒宗"的形象。如此说来，鲁迅逝世前十天所写的文章是不是看了缪子才的《吊余杭先生文》后有感而发，值得研究。

奇怪的是，缪子才一度被历史的尘埃湮没。以前《鲁迅日记》注释中关于他的条目仅一二句话，连生卒年也搞不清楚，他的故乡1998年出版的《泰州志·后记》中还遗憾地说："沈秉乾、徐炳华、管得泉、缪篆、于殖、吕若羿等人均应立传，但资料过少，无法成篇。无奈'付诸阙如'。"其实，他作为章太炎弟子，生前在海内外学界甚有影响，与蔡元培、马相伯、太虚、法国学者戴密微（Paul Demiéville，1894—1979）等海内外学者、名人学术交流甚深。因缪子才年轻时颇精舆地测绘之学，绘制《吉林省全图》《黑龙江省全图附说》等，才有缘结识章太炎并成为他的弟子。缪子才早年留学日本，1926年始任厦门大学哲学系副教授、教授，广州中山大学哲学系教授等。先后出版著述60余种，涉及老庄、周易、考古、诗词、多门外语语法诸多领域。举其主要著作有《显道》、《老子古微》、《邻德》、《礼人十一书》、《齐物论释注》、《国故论衡子部注》、《检论注》、《周易大象简义注》、《马氏文通答问》、《英德拉丁法国动字变化表》、《缪氏考古录增补》、《文存诗存》、《先祖余园诗抄校本》、《缪篆丛书》（一集）、《德文动字变化必读表》、《英句构造分析图解》、《道藏术语》等。其中《齐物论释注》就有26卷，凡120万言，是其代表作。缪氏广征博引，出入百家，逐字逐句务求出处，治学严谨，足见他的学术功力十分深厚。近年，有姚彬彬诸学者不辞辛劳地努力，终于让缪子才重新"出土"了。